やっぱし

板谷バカ三代

ゲッツ板谷

絵：西原理恵子

▲立川の昭和記念公園で開催される「イルミネーション・ナイト」で、懐中電灯を使って『バカ』という書き文字にトライするボキ（著者）とケンちゃん。只今、44歳と73歳どす……。

相変わらず地肩の強いバカ三代

▶板谷家のバカのスタートは、この人から。バアさんのくせに髪の毛の量がメタメタ多く、1カ月半に1度は近所の床屋へ。よく大工の棟梁に間違えられていた。

初代
バアさん

二代目
ケンちゃん

▲写真がすべてを物語っているように、とにかくハンパじゃないお調子者。自宅を自身の火の不始末で全焼させた際、その現場写真にピースサインで写り込んでこようとした話は、あまりにも有名。

三代目
セージ

▶板谷家裏名物“うつぼ木”(命名、ケンちゃん)の首を突然絞めだすセージ。とにかく、コイツのバカは何1つ訳がわからない。

唸るケンちゃん台風

▲ヘチマ棚から顔を突きだすケンちゃん。ちなみに、この撮影の直後、首筋を足長バチに刺されて大パニック。

◀撮影中、勝手にテンションを上げ、板谷家の墓に日本酒を吹きつける狂丸。再び自分の話が始まるので、このはしゃぎっぷりどす……。

▶マントの先端を洗濯バサミで物干し竿に固定し、強引に特撮風の１枚を撮らせるバッカマン。……なぁ、今気づいたけど、左端に写ってるのってオレのデカパンじゃねえかよっ!!

その勢いはとどまることを知らず……

▲星の列車に乗りながらはしゃぐケンちゃん。
つーか、出版コードはセーフなのか、これ……。

▲自分専用のカツラ棚から顔をだすケン。てか、そのドレッドはともかく、何だっ、その刀はあああっ!?

▼カツラ＆変な透けTシャツを身につけてベンチプレスをやる狂丸。みんな、無視してくれ。

▼暗闇の中で地縛霊を演じるケン。……親父、もう限界だよ。

▲もう１度訊く。ケン坊、おメーは一体何になりてえんだよっ！

▲行きつけの居酒屋の女性客にオモチャにされて喜ぶケンちゃん。……アンタの葬式の時には、この写真をパネルにして使うよ。

◀単に酔っぱらってるだけなのに、何かをヤリ遂げたような表情のケン。……バカは得だな。

そして、板谷家にはもう1人とっておきのバカが

▼墓参りが趣味のセージ。誰かが駄菓子屋を5万円ぐらいで譲り渡してくれますように……とか、とにかく無理難題を先祖の力を借りて叶えようとする。

▲続いて、ウチの庭に埋められた飼い犬の遺骨に向かって手を合わせるセージ。が、小さな声で「エコエコ、アザラク……」とか言っていた。

▶数年前から古武術を習い始めたセージ。ちなみに、流派を尋ねたところ「……味覚糖？」と逆に訊き返された。やっぱりダメだ、コイツ。

▲今度は神輿の鳳凰像の首を突然絞めだすセージ。理由は、もちろんわかりません……。

▼39歳になった現在でも、依然として駄菓子を主食にしているセージ。ちなみに、向かって左がセージの嫁で、驚くことにセージと同じ周波数で生きている。

▼ボキの原作が使われた映画『ワルボロ』の超大盛やきそばに挟まれて。ちなみにセージは、この２つをペロリと完食。そう、駄菓子感覚の食事には、とことん強いのだ。

濃すぎるサブキャラ
そして、ケンちゃんが石を割ってプレイボール!!

▲御存知、セージと遊ぶメチャバカのベッチョ（向かって左）。中学の時まで、TVの天気予報っていうのは昔の戦争の解説をしているんだと思っていたらしい。

▼タコ焼きを作るキャームと、ソレを食うオレ。このキャームってのが、また曲者でね……。

▲さぁ、ということで、これから俺が石を割ったと同時に『やっぱし板谷バカ三代』が始まるからねぇ〜。いち……にい……パコ――ンッ！　痛ああああああ〜〜〜〜っ!!

やっぱし板谷バカ三代

ゲッツ板谷
西原理恵子=絵

角川文庫 16974

絵：西原理恵子

写真：浅沼 勲

ブックデザイン：坂本志保

板谷家家系図

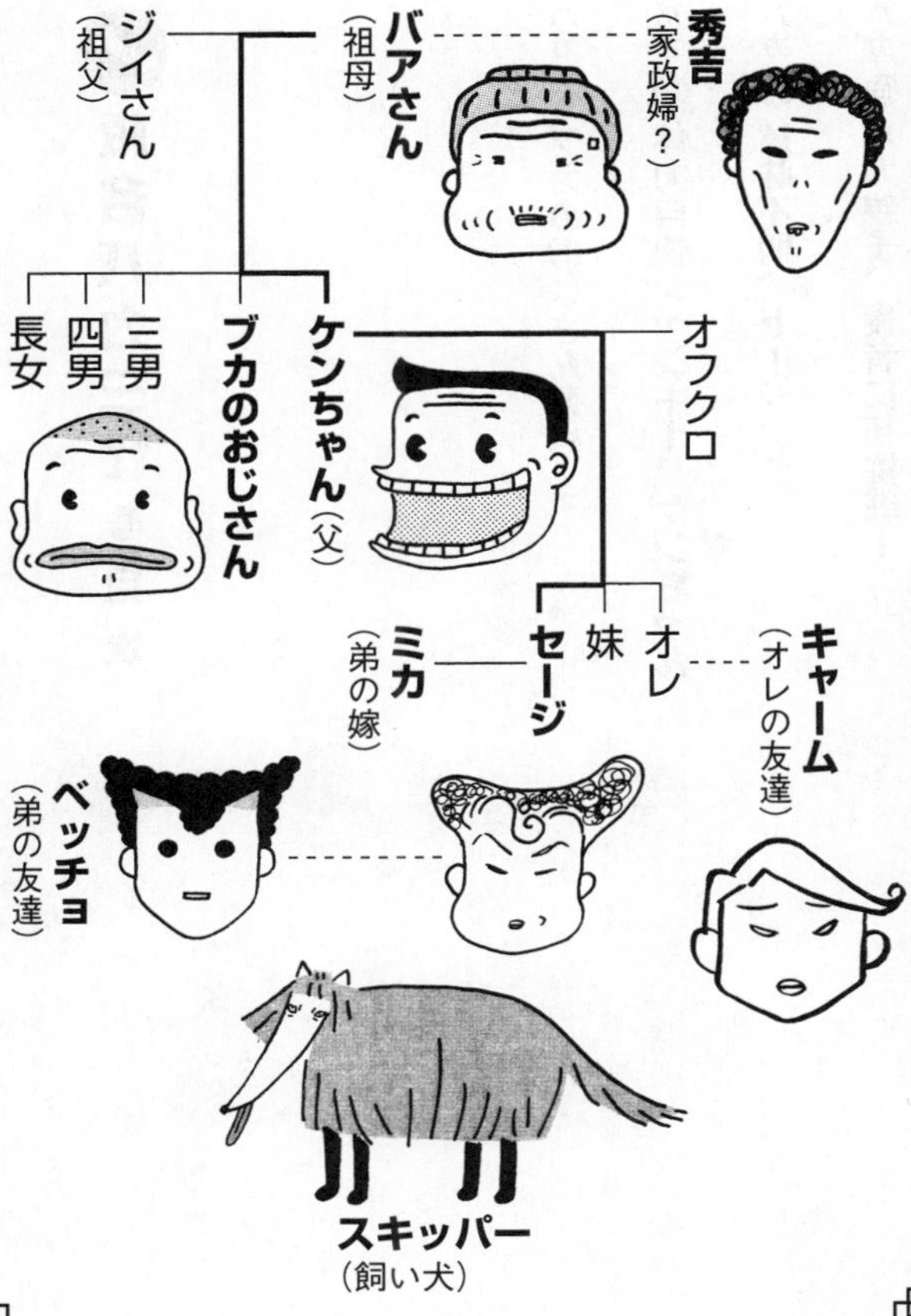
秀吉
（家政婦？）
バアさん
（祖母）
ジイさん
（祖父）
ケンちゃん（父）
ブカのおじさん
三男
四男
長女
オフクロ
オレ
妹
セージ
キャーム
（オレの友達）
ミカ
（弟の嫁）
ベッチョ
（弟の友達）
スキッパー
（飼い犬）

やっぱし

板谷バカ三代 目次

第1バカ

ブカのおじさん死ぬ

「ええっ、ブカのおじさんが死んだぁ!?」

出先から自分ちに電話を入れた途端、オフクロからそんなことを告げられ、ただ呆然《ぼうぜん》とするしかなかった。

ブカのおじさんはオレの親父の弟で、その日の昼、彼の奥さんからブカのおじさんが犬の散歩中に多摩《たま》川の土手で倒れたという一報がウチに入った。オレはどうしようか迷ったが、その日は都内にある出版社での打ち合わせが2本入っていたため、オフクロに「何かあったらケータイに即、電話してくれ」と頼んで家を出たのだった。

ブカのおじさんは心筋梗塞《しんきんこうそく》を起こし、救急車で病院に運ばれている時には既に息をしてなかったらしい。そして、その第2報を受けたウチのオフクロは、仕事中にオレがショックを受けないようオレの方から電話が入るまで黙っていたのである。

電話を切った後、オレはブカのおじさんの許《もと》にすぐに駆けつけなかったことを心底後悔していた。ブカのおじさんは会社人間だったウチの親父に代わって、自分の子供たちと一緒にオレたち兄弟を川や山や遊園地などに毎週のように連れてってくれた、言ってみれば子供時代の〝もう1人の父親〟のような存在だったのだ。そんなかけがえのない人が逝ってしまったというのに、オレは担当の編集者や仕事仲間たちと冗談を言い合ってゲハゲハ笑っていたのである……。

さて、いささか唐突だが、板谷家のスタメンを知らない人たちのために、ここでウチの一族を簡単に紹介しよう。ウチの一族はオレを含めてみんな頭が悪いが、その中でも**バアさん、ケンちゃん（オレの親父）、セージ（オレの弟）のゴールデンライン**は核兵器級のバカである。

ウチのオフクロの古くなったパンティストッキングを頭皮のように年がら年中かぶっているバアさんは、毎日のように脳が溶けそうになるぐらいマズいコロッケやフリカケを大量に作り、己の肩が脱臼《だっきゅう》してもそのまま平気で生活してたり、そうかと思えば親戚《しんせき》が訪ねて来たりすると、未《いま》だにプータローだと思い込んでるオレに**「隠れろ！」**と言い放つのだ。

要は、相当なズレ方をしてるのに鬼のような見栄《みえ》っ張りなのである。

で、そんなバアさんから一子相伝のバカのエリートの血を受け継いだケンちゃんは、数年前に庭の雑草を火炎放射器で焼いていて、**ついでにウチの母屋まで全焼させてしまい、**

が、計42年間の会社生活を無遅刻無欠勤で勤め上げるクソ真面目ぶりで、そうかと思えばお客がウチに来たりすると真冬でもタンクトップ姿になって庭でバーベルを上げ始めたりするのである。つまり、基本的には気が遠くなるほど真面目なのだが、他人に対してハンパじゃないお調子者で、とにかく年齢のわりには体力があるということを他人にアピールすることに命を賭《か》けているのだ。

で、そのケンちゃんのバカの血をモロに受け継いだセージはというと、**もう特性とか特徴なんてものが形成されないぐらいの途方もないバカ**で、7歳で自分の姉が大切に飼っていたカナリアをシャンプーで洗い殺し、「ラビット」という英単語を〝うずら〟と訳して高校受験に落ち、運送会社に就職しても〝トラックが青じゃないから〟という理由で突然辞めちゃったりするのだ。

そう、こんな漫画のような3人と同じ屋根の下で暮らすというのは並のキツさではない。ところが、さらに始末に負えないことに、このバカのゴールデンラインの3人には超強力なパートナーが**それぞれサイドカーのように付いているのだ。**

まず、ウチにはバアさんの妹の家から流れてきた〝秀吉〟という名のババアの家政婦（？）がいるのだが、この秀吉というのがバナナを揚げたものをしこたまブチ込んだ雑煮しか作れねえわ、オレの革ジャンを洗濯機で回すわ、勝手に人の部屋に入ってくるわで、クビを言い渡したら、ウチの廊下に万年床を敷き、そこを**勝手に己の自宅にしてしまったのであ**

自作の手書き看板が並ぶ作業部屋で、マシーンでのトレーニングに励む73歳。ちなみに、同マシーンには『ジャスティス』という愛称がつけられてる……。

る。また、セージの親友のベッチョという男も、中学の頃まで**TVの天気予報を昔の戦争の解説をしていると思い込んでいた**ほどの筋金入りのバカで、そのベッチョも頻繁にウチに出入りして缶詰め工場のようなペースでバカ事件を量産しているのである。そして、ケンちゃんのバカパートナーはというと他でもないブカのおじさんで、彼の行動にはいつも限りない優しさ、タフさ、純粋さがあふれていたが、やっぱり中学の頃からトラックに自転車ごとハネ飛ばされた直後、そのトラックの運転手に**「大丈夫ですか?」**という第一声をかけるほどのバカだった。

つーことで、板谷家にはこんなモンスターたちが、いつもバカパワー全開で出入りしているのである。で、そのフォロー役を板谷家の中では割りかしマトモなジイさん、オフクロ、オレの妹が自動的に黙々とこなしていたのだが、数年前にそのジイさんが病気で他界し、妹も他家へ嫁いでしまったのである。それに加えて、板谷家の1番の柱のオフクロも肺ガンになってしまい、手術をした1年後に再発し、現在は通いで抗ガン剤を打ちながら闘病中という有様なのだ。そう、早い話が板谷家は大ピンチというか、**存亡の危機状態**にあるのである。で、オレも最近では滅多なことでは動じなくなってきたが、それでも64歳になったばかりのブカのおじさんの急死には茫然《ぼうぜん》自失となるしかなかった。

んで、話をブカのおじさんが死んだ日に戻すと、オレが板谷家に戻ったのは夜の11時頃だったが、オフクロやセージは極力平静を装っていた。というのも、ウチのバアさんは1〜2年前から何度か脳梗塞を起こしており、そんな状態でブカのおじさんが死んだのを知ったら、下手をするとショックでバアさんまで逝ってしまうだろうということで秘密にしていたのである。で、しばらくしてバアさんが寝室に向かった途端、オフクロが急に戸惑ったような表情になってオレに次のような言葉をかけてきた。

「お父さんが夕方ぐらいにブカのおじさんの家へ行くって飛び出したっきり、まだ帰ってこないんだよっ。しかも、1本も連絡がないから2時間ぐらい前にブカのおじさんの家に電話をしたら、ウチのお父さんは来てないっていうんだよ……。ドコに行ってんだろっ？」

「………」

んで、ケンちゃんは夜中の12時を少し回った頃にようやく帰ってきたのだが、その話を聞いたオレたちは開いた口が塞《ふさ》がらなかった。

ブカのおじさんちは半年ぐらい前に引っ越しをしており、ケンちゃんはその家にまだ1度も行ったことがなかった。そのことにJR三鷹《みたか》駅の改札を出てから気づいたケンちゃんは、公衆電話から番号はそのままのブカのおじさんの家に電話をしたが、何度かけても誰も出ないというのだ。そして、困ったケンちゃんは〝前の家から車で10分ぐらいのところにある〟という手掛かりだけを頼りに、途中途中の公衆電話から何度も電話をかけつつ、その一帯を4時間にわたって歩き回ったらしいのだ。が、相変わらず電話には誰も出ず、もちろん家も見つからず、そうこうしてるうちに**ウチのオフクロに怒られるのが急に怖くなって、**気がついたら見知らぬ公園の滑り台の下にあった土管の中で横になっていたというのである……。ちなみに、ケンちゃんが持って出た、彼専用の小さな電話帳に記入されてるブカのおじさんちの電話番号をチェックしてみたら、**末尾の「0」が間違って「6」と書かれていた。**

つーことで、ケンちゃんは自分の弟が死んだというのに**その家がわからず、**遺体に会えずにスゴスゴと帰ってきたのである……。なぁ、こんな大人って他にいるか？

2日後。オレたちは、バアさんに知られないよう庭先でこっそり喪服に着替え、通夜の会場となった三鷹市にある某寺院に向かった。そして、そこでブカのおじさんのパンパンに膨れた死に顔と対面したのである……。

それから少しして、ブカのおじさんの娘のケイコがオレに近づいてきて次のようなことを教えてくれた。

ブカのおじさんの枕元にはミカン箱ぐらいの小さな棚がいつも置かれていて、その引き出しには自分の子供たちのヘソの緒や大切な記念品なんかが収めてあったらしいのだが、数年前から観音開きになっている1番広いスペースに**オレの著書『板谷バカ三代』が本尊のように立てかけられていた**というのだ。

そう、オレはその本の中でブカのおじさんのバカさ加減をストレートに紹介してしまったというのに、それより何よりブカのおじさんは自分の甥《おい》っ子が本を出したことを心底喜んでいてくれたのである。そして、その本を**1番の宝物**にしていたのだ。

で、ケイコはそこまで話すと斎場の2階に上がり、すぐに戻ってきたかと思うと、その『板谷バカ三代』をオレに手渡そうとするのである。

「いや、それはケイコが持ってろよ」

「ウチのお父さんの形見にして……。コーイチ兄ちゃん（オレ）に持っててもらうのが1番喜ぶと思うから」

「で、でもなぁ……」

坊さんがお経を上げてる最中、その『板谷バカ三代』を何の気なしにパラパラめくっていたら、最後の奥付のページに黄ばんだ白黒写真がセロハンテープで留められていた。そして、その写真の中でブカのおじさんが、**河原にある大きな岩の前でオレとセージを軽々と両腕に抱えてニコニコ笑っていた**のである。

途端、涙がバカみたくあふれてきて、その写真に気づいたセージもお経の最中だというのに声を上げて泣き始めていた……。オレたちにとってブカのおじさんは、やっぱり〝もう1人の父親〟だったのだ。

その後、オレたち親戚一同は斎場の2階で寿司《すし》などをつまんでいたのだが案の定、日本酒やビールをまるでフルーツ牛乳のようなペースで飲み始め、アッという間にベロベロになっているケンちゃん。

「よぉ～しっ、ブカはバカでっけえから、燃やしても骨が骨壺《こつつぼ》に全部入りきらねえからよぉ～。**その余った骨を粉にしてな。それにソバ粉を混ぜて、奴が大好きだった二八そばを打って……げぶっ！　皆で食べようじゃねえかっ。**なっ！　なっ！」

「しかしよぉ〜、この前、ブカの野郎がウチに来た時に、奴のジャージのズボンを借りてはいたんだけどよ……っぷ！　ほら、奴って体重が120キロ近くある大男だべ。だから、ウエストがゴムなのにズボンが下にストンと落ちちゃってよぉ。**これがホントのブカブカってな！**　グハッハッハッハッハッ!!」

「………」

「………」

その場にいる全員が、いつものように呆《あき》れていた。が、オレが気になっていたのは、**セージの姿がさっきから見当たらないことだった。**

「大変なのっ、ウチのお父さんが急に棺おけからいなくなっちゃったのよっ!!」

突然、青い顔をして2階に駆け上がってくるブカのおじさんの奥さん。

「えっ……盗塁っ？」

反射的にそんな言葉を返すケンちゃん。そう、ケンちゃんは一大事が起こったことを聞かされると、とりあえず訳のわからないことを口走るのである。

その後、皆で斎場の内外を捜してみたがブカのおじさんの姿は見当たらず、警察に知らせるべきかどうかオタオタしていたところ、オレのケータイが突然鳴った。**……警察官からの電話だった。**

『あのですねぇ〜。多摩川の河川敷の近くに住んでいる方から通報がありましてね……。

MYチェーンソーを自慢するケンちゃん（背後はオレ）。また始まっちゃうのかよ、この連載……。

さっきから暴走族の車がエンジンをふかしてて、うるさくってしょうがないっていうんですわ。で、現場に駆け付けましたらね。1台の車が土手を上がろうとして、アクセルを激しくふかしてましてね。とりあえず、運転手さんに職務質問をしたんですけど、**助手席に乗ってる方が死んでおられるみたいなんですよぉ……。**で、不躾《ぶしつけ》ですけど、確認のためにアナタのフルネームを教えて頂けませんか?』

「……い、板谷宏一ですけど」

『あ、じゃあ、ホントにお兄さんなんですね』

　要するに、『板谷バカ三代』の奥付ページに貼られていた写真、それを見てすっかり感極まったセージは、ブカのおじさんの巨体を背負って自分の車に乗せ、2人で多摩川を見に行ったのだ。そして、帰りに土手を上がりきれずにアクセルをふかしていたところを通報されたのである……。

その後、オレは3～4人の親戚を車に乗せて、慌ててその河川敷に向かったのだが、電話をくれた警官は非常にいい人で、オレから改めて事情を聞いてこの一件を大事にしなかったばかりか、セージの車を土手の上まで押し上げるのも手伝ってくれたのである。が、助手席に座らされていたブカのおじさんは車内のアチコチに激突したらしく、その顔や頭が**死んでいるのにタンコブだらけだった。**

つーことで、こんなモンスターたちの話が、また始まっちゃいます……。

第2バカ

体力自慢ジャンキー、ケンちゃん

ケンちゃんは会社を定年退職した後、火炎放射器を使って庭の雑草を焼いて喜んでいた。ところがある日、**その火が引火してウチの母屋が全焼してしまったのである……。**で、さすがにそれを機にケンちゃんは雑草を燃やすのを止め、まだ体はピンピンしているのでオレたち家族はてっきり二次就職でもするのかと思っていた。ところが、ケンちゃんは40年以上も真面目一筋にサラリーマンをやっていたので、どうしても二次就職をする気が起こらなかったらしく、そうこうしているうちに材木屋をやっているセージの友だちの家を頻繁に訪れるようになり、余った木ギレを安く分けてもらうようになった。そして、その木ギレで全長１メートルほどの縁台を日に４脚というペースで量産し始めたのである。

誰にも頼まれてないのに、どうしてそんなペースで縁台を作るのか？　もちろん、ウチの家族はわかっていた。ケンちゃんは学歴、社会的地位、教養、身長（１６０センチジャスト）など何も自慢できる事がないので、**とにかく他人に体力を自慢することに命を賭《か》けている男**なのである。よって、2〜3日に1脚ぐらいのペースでノンビリと作っていては誰も感心してくれないので、そんながむしゃらなペースになってしまうのだ。

で、3カ月もするとケンちゃんの作る縁台は300脚以上にも及び、庭に防護壁のように積み上がっているソレを見て、ついにバアさんの**五月雨《さみだれ》のような文句**が炸裂《さくれつ》。

「あ〜あ〜、こんなおへんなしな（考えのない）ことをして、近所の人に笑われてるよぉ〜。……みっともないなぁ〜。あたしゃ、近所に醤油《しょうゆ》も買いに行けなくなっちまうのかよぉ〜」

「**俺が作る縁台は1脚5000円以上の価値はあるんだよっ!!** とにかく黙ってろっ、クソババア!!」

「あ〜あ〜、この年になって倅《せがれ》にそんなことを言われるのかよぉ〜。もう、あの世に逝っちまいたいよぉ〜。**真っ黒いイルカがアタシの横を泳いでるよぉ〜。** ……あ〜あ、結局は倅に殺されちまうのかよぉ〜」

「じゃがましいいいっ!!」

で、それ以降、ケンちゃんはバアさんの五月雨文句を頻繁に食らうようになり、（要は縁台が庭に積み上がってなけりゃあいいんだろ！）と考えたらしく、今度は自分が作った縁台を近所の人、知り合いの家、ウチに遊びに来たオレやセージの友だちなんかに片っ端

ウチの近くにある多摩川で、石をぶつけて魚を捕獲しようとするケンちゃん。やることが原始人以下。

から配るようになった。ところが、それと並行して相変わらずのペースで縁台を量産しているので、庭に積み上げられたストックの数はなかなか減らず、しまいには近くの学校などに50脚単位で寄贈し始めたのである。その上、立川の駅ビルで買い物をしてバスで帰ってきたオフクロが、いきなり真っ赤な顔をしてケンちゃんを怒鳴りつけたので何だと思ったら、立川駅からウチの最寄りまでの計10箇所のバス停、**そのすべてにケンちゃんの手作り縁台が3脚ずつ並んでいた**というのだ……。

で、その後もケンちゃんは縁台を作っては配り、作っては配りを繰り返していたのだが、ある日、オレと一緒に近所にあるディスカウントショップに行ったところ、突然ケンちゃんの体が固まりだし、何だと思ってその視線の先を追ってみたところ、ケンちゃんが作っている縁台よりはるかに上等な縁台が**1980円で売られていたのである……。**

つーことで、その日を境にケンちゃんは縁台作りをピタリと止め、オレたち家族がホッとしたのも束の間、今度は汗だくになって庭中の木を掘り返し、その位置をチェスの駒のように毎日移動させるようになったのである。……なぜ、そんな罰ゲームのようなことをしているのか？　もちろん、ウチの家族はわかっていた。要するに、それも他人に向けての体力自慢で、「板谷さんはもう70近くだっていうのに、あんなに太い木を毎日移動させるパワーがあって凄《すご》い！」ってな言葉を浴びたい一心なのである。

ところが、半月もしないうちに「板谷さんちの木が歩いている……」という噂が近所で立ち始め、目の前でそんなわかり易いオカルト現象が起こっているというのに平気な顔で生活しているウチの家族、それを近所の人たちがますます不気味がって道で会っても目も合わせてこないといった事態が発生。で、間もなくして移動させてた木、それが片っ端から枯れ始めてきたことからケンちゃんはようやくその木のチェスを止め、今度は何をするのかと思っていたら、自分が全焼させた母屋の跡地（※オレの友だちの間では〝ファイヤー広場〟と呼ばれている）に家庭菜園を破竹の勢いで作り始めた。そして、ナスのような割と早く収穫ができる作物ばかりを栽培し、その実が生《な》ったら近所の人にそのすべてを配

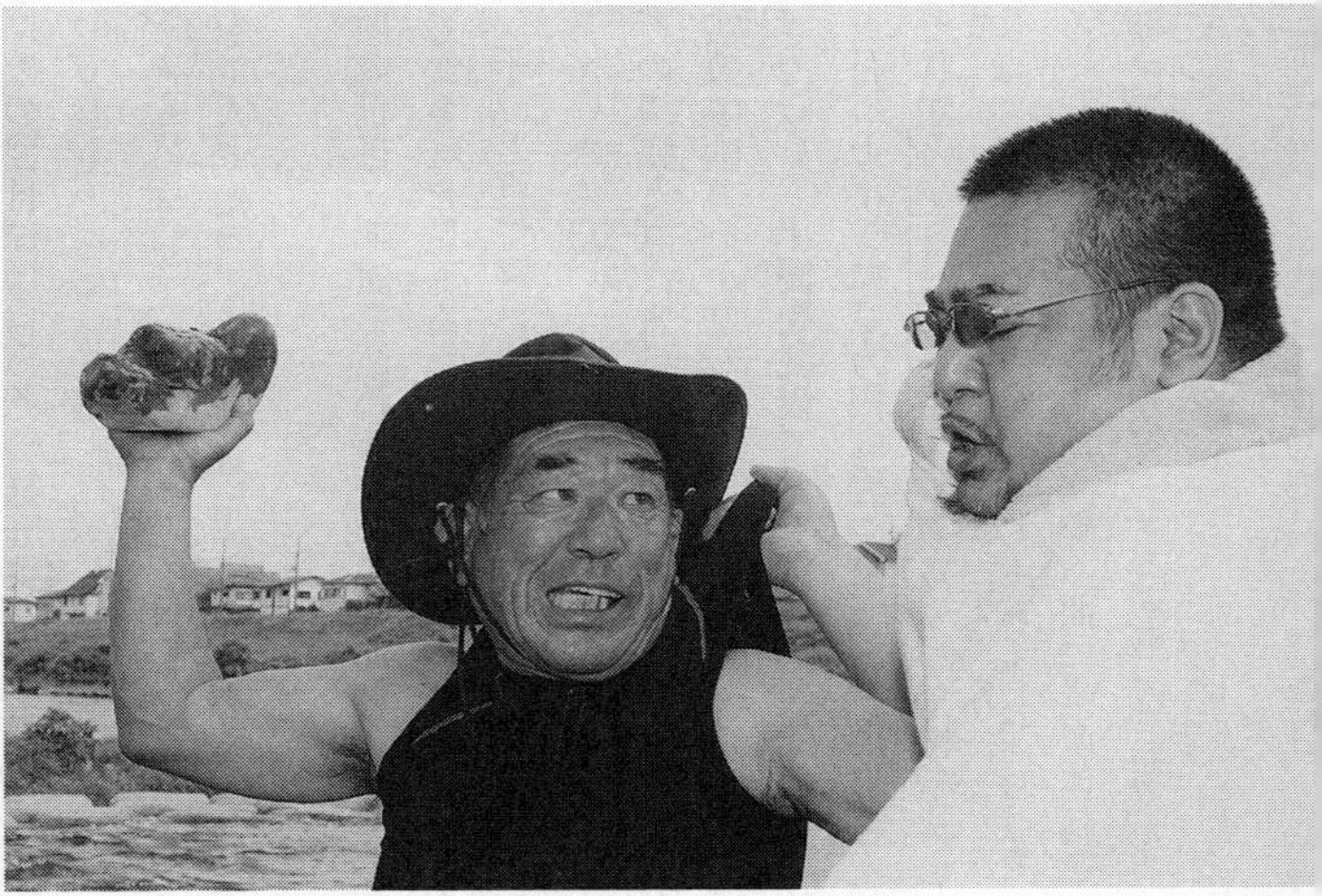

撮影中、オレがケンちゃんのカウボーイハットを馬鹿にしたことからマジでケンカになり、それをカメラマンが激写。もう少しでホントに頭を割られるところだった……。

り、さらにその翌日には自らその家庭菜園を全滅させ、返す刀でそこに巨大なゴミ穴を掘り始めたのである。

なぜ、そんな穴を掘るのか？ 悔しいけど、それもウチの家族はわかっていた。こんな大きな穴を1人で掘ってしまう俺って凄いだろ？ってことを他人にアピールするためなのだ。

で、その3日後。部屋で原稿を書いていたら突然、**ドスン!!という地響きが聞こえた**ので2階の窓から庭を見下ろしたところ、**オレの車がゴミ穴に突き刺さっているのである……。**そう、オレの車で買い物か何かに出掛けようとしたケンちゃんが、自分が掘った穴に自分で落ちていたのだ。


　結局、車の横幅とゴミ穴の幅が同じだったため、ケンちゃんはオレが呼んだＪＡＦが来るまでは穴の中はおろか車の中からも出られず、途中でズボンをガサガサいじり始めたので何だと思ったら、**小便を我慢できずに車の灰皿の中に放尿している始末。**結局、オレはその車を翌日、セージに2万円で売った……。

んで、それから少しして、再びケンちゃんが材木屋をやってるセージの友だちの家を訪れるようになったと思ったら、今度は板キレに文字を彫って手作り看板を作るようになったのである。しかも、相も変わらず瞬《また》く間に量産体制となり、最初のうちは全長20センチぐらいの板キレの表面に「うなぎ」「天ぷら」「おでん」「きしめん」といった文字を彫っていたのだが、そのうちオレが出した本のタイトルや本文中に出てくる「ウサギっていうのはな、トウモロコシの芯が大好物なんだよ」とか「天が二つに割れて竜が落ちてくるって！」といった一文を彫り始めるようになるケンちゃん。さらに、近所の床屋や乾物屋にも「営業中」と彫ってある板キレを無理矢理寄贈して己の体力や字のウマさをアピールし、商売をやっていない家にも「猛犬注意」とか「押す」「引く」といった文字を彫った板キレを配るようになったのである。

つーことで、以上が定年後のケンちゃんの〝趣味〟の流れなのだが、彼のアピール欲はこんなもんでは全然満たされないのである。よって、現在も手彫り看板の量産と並行して、地元の２つの野球チームに入って試合をこなし、女子のソフトボールチームのコーチをし、警官と一緒に地元の風俗地区の夜回りなんかにも出撃しているのだ。が、それでもまだケンちゃんの体力アピール欲は満たされないらしく、家から３００メートルほど離れたタバコ屋に毎日**つま先立ちで**１箱ずつセブンスターを買いに行くわ、真冬でもタンクトップ姿で近くにある多摩川の河原から毎日バケツ１杯ずつの小砂利を運び、それを**ウチの前の道を近所の人が通りがかるタイミングを見計らって**庭にわざと荒々しくぶちまけたりしてい

この日も河原からとってきた小石を庭にまく狂丸。ま、死ねば止めるだろう……。

るのである。
　また、ウチで飼っている犬はボルゾイという馬ヅラの超大型犬種で、少し離れたところから見ると巨大なヤギに見え、早い話が人目をかなり引くのである。で、当然ケンちゃんは、わざわざ人通りが多い道ばかりを選んでこの犬を日に何度も散歩させるのだが、その散歩中の顔というのが**得意になってベンツのハンドルを握っているオッさんと同じ表情**なのだ。そして、近くを女のコたちが通ろうものなら、「ほらっ、まっすぐ歩け！」と言いながらわざとリードを強く引っ張ったりして、こんな巨大な犬を自分が力でねじ伏せていることを必ずアピール。で、女のコたちが「うわ〜っ、珍しい犬ぅ〜」

とか言って立ち止まろうものなら、自分は小指１本でもこの犬をコントロールできるといった自慢話を炸裂させ、さらに女のコたちが犬の顔の前に「お手！」と言って手の平を差し出すと、**決まって犬の代わりに自分がお手をし、**「あっ、俺がしてどうすんだよ！」といったお決まりの一言を発して笑いを取りにいくのである。

そう、とにかく**ケンちゃんの自己アピール欲には際限がない**のだ。で、そんなんだから寝ている時以外は１ミリもジッとはしていないのだが、それが不思議なのである……。たまに茶の間で横になっているかと思うと、**十中八九『サスペリア２』のビデオを観ているのだ。**

「なぁ、何で70近いアンタが、テープが劣化するほど同じホラー映画を繰り返し観てんだよ？」

先日、思い切って尋ねてみた。

「……ホッとするんだろうな」

「…………………」

親父であるケンちゃんとの付き合いも今年で41年目。彼の特徴や習性は一通り把握しているつもりだが、**未《いま》だにその頭の中は全くわからない……。**

第3バカ

意味不明、セージ

ケンちゃんのわかり易いバカに対して、最近のセージのバカは、**ますます意味がわからなくなってきた。**いや、本人の中ではちゃんと意味は成立してるんだろうけど、それが他人はもちろんのこと、家族であるオレたちにも全くわからないのだ。

例えば、今から7年前のこと。ウチのバアさんが脳梗塞《のうこうそく》を起こして入院中、オレとケンちゃんが見舞いに行ったら20分遅れでセージが病室に現れた。が、オレが昔、サーフィンをやっていた時に使っていた**ウェットスーツを着ているのである。**で、「おメーは、何でそんなものを着てんだよっ？」と尋ねたら、**「いや、寒いから……」**という答えを返してくるセージ。

意味がわからない……。

また、ある時には「お兄ちゃんは、旅行の本を書くためにイロイロな国に行ったりして偉いよね」なんて珍しいことを言ってくる。そして、「アジアの国の人たちっていうのはさ、アメリカやヨーロッパの横暴に対して……」というところで急に言葉を切ったかと思うと、突然「がむっ！　がむっ！」と短く2回吠《ほ》え、続いて**「ねぇ、外国のプリンって何色？」**という質問を放ってくるセージ。で、奴をガッカリさせないために「ベトナムがピンクで、インドが銀だ」と答えたら、何でか知らないけど堰《せき》を切ったように**涙目になっているのである。**

意味がわからない……。

あと、板谷家唯一の知恵袋だったジイさんが死んだ1週間後の晩のこと。今後どうするかを緊急家族会議を開いて珍しく真剣に話し合っていたところ、部屋から突然出ていくセージ。で、小便でもしに行ったのかと思ったら、10分経っても20分経っても戻ってこない。んで、（何やってんだよっ、アイツ!?）と思って廊下に出てみたら、玄関脇に立て掛けてある鏡の前で**シャドーピッチングをしているのである……。**

意味がわからない……。

が、そんなセージも奇跡的に5年前（31歳の時）に結婚。何で結婚することが出来たかというと理由は簡単、**嫁もバカだったのだ。**ま、そのバカさ加減は別の機会にゆっくり紹介するとして、とにかく2人は結婚してからウチの敷地内にあるアパートの1階に住み始めた。

で、これは去年のことなのだが、その晩、オレは2～3人の友だちと一緒にヘロヘロになりながら計100体の真っ白いダルマ&招き猫に絵付けをしていた。何でそんなことをしていたかというと、翌日に調布《ちょうふ》市で開催されるフリーマーケットにそれらを出品することになっていて、要はその準備に大わらわだったのだ。で、そこにセージが現れ、「嫁の姉ちゃんがヘルパーとしてわざわざ横浜から駆けつけてくれたから、これから3人で手伝うよ」と言うので、オレは（これが家族力というものなのか……）と感動さえ覚えながら、「じゃあ、賄《まかな》いのカレーが出来てるから、それを食ってから大至急手伝ってくれ」と告げた。

ところが、それから5分もしないうちに車に乗って外出するセージと、奴の嫁と、その姉ちゃんの3人。で、**3時間以上経ってからようやく戻ってきた**ので、「こんな緊急時にドコに行ってたんだよっ⁉」とセージを問い詰めたところ、**八王子に美味《おい》しい釜《かま》めし屋があって、そこに夕飯を食べに行ってたという。**しかも、その後でスグにセージら3人の姿が再び見当たらなくなったので、まさかと思いながらも庭に出てセージのアパートの方を見たら、どの窓にもカーテンが引かれていて**キッチリ寝ているのである……。**そう、怒るとかそういう以前に、とにかく意味がわからなくてコッチは呆然《ぼうぜん》とするしかないのだ。

ちなみに、その5日後。オレが出版社での打ち合わせを終えて車で帰ってきたら、いきなりセージのアパートの窓が開き、

「風邪ひいた、風邪ひいた！　38度7分、38度7分！」

昔のオレ（中2）とセージ（小3）。この頃のオレはガリ勉少年で、セージは近所のオバちゃんたちから「可愛い、可愛い♥」と騒がれてた。……けっ！

とだけ言って窓をピシャリと閉めるセージ。つーか、それをオレに報告して何になるっていうんだよ……。

ホント、意味がわからない……。

ま、そんなこんなで自己完結街道まっしぐらのセージなのだが、2年前にもこんなことがあった。

昼間、ウチの庭にある縁台で一家でお茶などを飲んでいると、セージの嫁のケータイがピルルル♪っと鳴り、セージの嫁は2~3言喋《しゃべ》って電話を切った後、「お義父《とう》さん、そろそろ……」と言ってケンちゃんと一緒にドコかに出掛けていくのである。で、ある日、庭でお茶を飲んでたらセージの嫁のケータイが例のごとくピルルル♪っと鳴ったので、彼女が電話を切った後、「いつも親父とドコに行ってんの?」と尋ねてみたところ、次のような答えが返ってきた。

ウチの近くを流れている多摩川に架かっている日野橋、そこを週に1度ぐらいの割合でセージが運転する大型トレーラーが通るので、**橋げたに立って双方で手を振り合っている**というのだ。つまり、セージは〝自分は、こんなにバカでっけえ車を運転してるんだぞぉ

〜、ウフフ♥〟ってことを自分の嫁とケンちゃんに自慢し、２人もそれを祝福していたのである。

「ブハッハッハッハッ!! お前ら、頭がオカしいよっ、ブハッハッハッハッハッハッハッハッハッハッハッハッハッハッハッハッハッハッ!!」

オレの笑いは暫《しばら》く止まらなかった。で、その超牧歌的アホ場面を急に生で見たくなったので、２人と一緒に日野橋の上に立っているとセージが運転する大型トレーラーがすぐに現れたのだが、運転席のセージがオレの姿を確認した途端、まるで幽霊でも目撃したかのようにビクン！と体を大きく震わせてトレーラーを急停車。そして、運転席から飛び出してきたかと思うと、**「どうしたのををををををっ!?」**と叫びながらオレに駆け寄ってきたのである。

「どっ、どうしたのって……。いや、オ……オレも、お前がトレーラーを運転してるとこ

神社の盆踊り大会、その準備中に早速ケンカになる親子鷹。原因は、ウチの冷蔵庫に入ってたケンちゃん大好物の根ショウガをセージが全部食べちゃったから。

ちょっと目を離した隙に、神社の賽銭箱をベッドに昼寝するセージ。相変わらず感性と生理だけで生きている。

ろを1度見てみようと思って……

……」

「何だっ、そうかぁ～！　**俺、ウチの誰かが車で大事故でも起こしたのかと思って、マジで心臓が止まるかと思ったよっ。**……

……ところで、今日の夕飯は何？」

突然、自分の嫁の方を向き、そんな言葉を掛けるセージ。

「炊飯器がまだ直ってないから、今日はセーちゃんの大好きな**メンチカツとふ菓子だよぉ～ん**」

「グフフフ。**可愛いなっ、コンニャロウ！　可愛いなっ、コンニャロウ！**」

そう言って自分の嫁の背中をヒジで軽く2回ドツいた後、トレーラーに走って戻っていくセージ。

つーか、**何でオレがココに立ってたら、ウチの誰かが事故を起こしたと思うのか？**

やっぱし意味がわからない……。

「きっとセーちゃんて、**お兄ちゃんにはコックさんのような動きをして欲しいんですよ**」

セージのトレーラーが去った後、オレにそんな言葉を掛けてくるセージの嫁。が、悪いけど、**その意味もサッパリわからない……。**

で、つい1年前のこと。セージは大型トレーラーの運転手を辞め、いきなり別の陸送会社の雇われ所長に就任。ちなみに、奴は約8年前にも某自動車メーカーの下請け会社の所長になり、初仕事でガルウィング式のトラックの荷台の両壁を閉め忘れて会社の車庫をフッ飛ばし、数カ月もしないうちにクビになっている。なのに今度も所長として迎え入れられ、しかも、机に座りながら支部全体の物流やトラックの配車を統括するという、まさに司令塔の役割を任されたというのである。

そう、オレたち家族にしたら、**その時点から既に意味がわからないのだ。**

で、当然のごとくオレたちは、セージの話を半信半疑以下で聞いていたのだが、その会社に入ってから日を追うごとに奴は妙な自信をつけ始め、半月もしないうちに「なぁ、親父。俺は時々、自分の財布を茶の間のテーブルの上とかに置いとくから、その時は**好きなだけお金を抜いていいんだからな**」という言葉をケンちゃんに向かって吐いているのである……。

そんなある日の朝、オレと顔を合わせたセージは「今日は面接官になるんだよ。つまり、俺1人の意思で何百人って中から誰を会社に入れるかが決まるんだ」と言って得意満面で出社。ところが、その日の夕刻に会社から帰ってきたセージと再び庭で顔を合わせたのだが、何だか塞《ふさ》ぎ込んでるような様子なのである。で、「何かあったのか？」と尋ねてみたところ、以下のような答えが返ってきた。

セージの会社の入社面接に来たのは**たったの1人**で、その上、仕事の内容とかを説明しているうちに**途中で自分でも何を言っているのかがサッパリわからなくなり、**相手が呆《あき》れたような表情を浮かべていたので「……もう帰りますか？」と尋ねたら、「ええ……」と答えて面接室から出てったという。

「ねぇ、お兄ちゃん……」

顔を上げて、改めて声を掛けてくるセージ。

「何だよ？」

「仕事の内容を説明してる時に、ひょっとして俺ってタイムスリップしちゃったのかなっ？　だって、一瞬ペリーみたいな奴が見えて、**『海の方に行ってみない？』**って声が聞こえたんだよ」

なぁ、セージ。小学生のコックリさん大会じゃあるめえし、何で黒船のペリーが日本語を話せんだよっ!?

やっぱし、コイツは意味がわからんわ……。

第4バカ

バカ親子、役者に初挑戦！

話は3年前の3月にさかのぼる。

その日、有名な映画監督の中野裕之さんという人から突然電話が掛かってきた。

『ボクがプロデューサー役に回って、監督するのはピエール瀧なんですけどね。ゲッツさんには、そのショートムービーの**主役を演じて欲しいんですよ。**ちなみに、ゲッツさんの子分役には安藤政信クンが既に決まってるんですけどね』

話を聞いてるうちに猛烈に下っ腹が痛くなってきた。確かにピエール瀧さんとは以前、某週刊誌の連載でインタビューをさせてもらった時に意気投合し、「近いうち何か一緒にやりましょう」と言ってはもらったが、その何かがいきなり映画で、しかも、役者の仕事なんか1度もやったことがないのに主役に抜擢《ばってき》され、もう1つオマケに**セリフの殆《ほとん》どがアドリブ**だというのである……。

電話を切った後、背後に人の気配を感じたので振り向くとケンちゃんが立っていた。

「どうしたんだよ、ワタリ蟹《がに》が驚いたようなツラして？」

「え、映画に出ることになっちゃった……」

「映画？　**じゃあ、俺も出るよ！**」

改めてウチの親父は尋常じゃないと思った。どうして、そういう言葉が間髪をいれず自然に出てくるのか……。

「んで、どういう活劇なんだ、それは？」

「いや、オレもよくわかんないけど、元ヤンでUFOの探知能力がある『弁天さん』っていうのがオレの役らしくて、その子分の『ゴロー』って役を安藤政信クンがやるみたいなんだけど……」

「えっ、安藤って、去年の暮れに6丁目の角でクリーム色のライトバンにハネられた奴かっ？」

「違うよっ、**すべての物事を町内会サイズで考えるのは止めとけっつーーの！**　とにかく、親父は関係ねえんだからスッ込んでろよっ!!」

ところが数日後、中野さんの事務所で簡単な打ち合わせがあり、その際にケンちゃんの話をしたところ、あろうことか、ピエールさんが面白がって**ケンちゃんにチョイ役を与えてしまった**のである……。

で、その後、ただオロオロしてるうちにアッという間に撮影日が迫ってきたのだが、タイミングの悪いことに、そういう時に限って各連載の締め切りが集中し、結局は何の準備も出来ぬまま一睡もせずにロケ地の千葉に向かうハメになるオレ。

「やいっ、ゴロー！　おメーはっ…………す、すんません、またセリフを忘れちゃいました……」

最悪だった。1シーンにたった2〜3個しかない決められた短いセリフ、**それさえ全然覚えられないのである。**で、自動的にテイク数はみるみるかさんでいき、オレの頭の中はますます真っ白になったまま休憩時間に突入。そして、その休憩明けに今度はケンちゃんの出演シーンが撮影されることになったのだが、ナント、ケンちゃんは素人離れした完璧《かんぺき》な演技を繰り出して**一発OKをもらってしまったのである……。**

それから数時間後、辺りが暗くなってきたので初日の撮影は終了。で、残りのシーンは中1日のオフ日を挟んで2日後に一気に撮ることになったのだが、

「ええっ、**ホテルに泊まるのってオレたち親子だけなんスかっ!?**」

進行のスタッフから、オレたち2人以外の出演者やスタッフはすべて東京に帰ることを知らされて呆然《ぼうぜん》とするしかなかった。ロケ場所が千葉の先端の方だと聞いたので、てっきりスタッフの大半が地元のホテルに泊まり込むもんだと思っていたオレは、前もって進行のスタッフに電話を入れ、「オレたちの部屋も取っておいて下さい」と頼んでしまったの

バイクにまたがりながら演技指導を受けるオレ。が、心の中は（あふふ〜〜んっ、早く帰りたいよぉ〜〜!!　フワフワした優しいモノの中に逃げ込みたいよ〜〜!!）だった。

である。そう、オレは今朝まで東京湾を海底で横断するアクアライン（高速道路）が開通していたことを知らなかったのだ。

ロケ地から房総《ぼうそう》半島の先端に向かって30分ほど車で走ったところにあるビジネスホテル、そこに到着したのは夜の8時を少し回った頃だった。そして、オレは鉛のように重たい体を引きずるようにして7階の一室、ケンちゃんはその真上にある8階の一室に入り、さらにその後、オレたちはホテルの近くにあった寂れた定食屋、そこのテーブルで向かい合っていた。

「大切なのは明後日《あさって》の残りの出演シーン、それで取り返すことだよ」

ふさぎ込んでるオレに、そんな言葉を掛けてくるケンちゃん。

「ココで晩メシを食ったら、俺がゴロー役になってやるから部屋で特訓すんぞ」

「いや、もう疲れたよ……」

「バカ野郎っ!! もし、明後日も今日みたいな腑抜《ふぬ》けた演技しかできなかったら、**お前が今まで書いてきた10冊近くの本っ。それが全部泣くんだよっ！　しかも、貴様はこれから先、恥ずかしくて1冊も本が書けなくなるぞ!!　いいのかっ、それでえええっ!!**」

ア然とするしかなかった。ケンちゃんの、そんな真剣な顔つきを見るのは生まれて初めてのことだった。

「弁天さぁ～ん。昨日見たＵＦＯって、やっぱしパイプ型だったんスか？」

「バッ……バカ野郎っ、葉巻き型だよ！」

ビジネスホテルに戻ってきたオレたちは、台本を見ながら早速セリフの練習を始めていた。

「なぁ、コーイチ（オレ）。何で『葉巻き型だよ！』って言った後に俺の頭をブッ叩《たた》かねえんだよっ。台本にそう書いてあんだろうが！」

「だ……だって、練習なんだし」

「そんな悠長なことを言ってる場合じゃねえだろっ。すべて本番のつもりでやらんかいいっ!!」

確かにケンちゃんの言う通り、オレには時間がなかった。練習ができるのは今夜とオフの日である明日だけで、明後日には残りのシーンをすべて撮ってしまうスケジュールなのだ。そう、このショートムービー『県道スター』の撮影は正味たったの2日間だったのである。

その晩、**結局オレはケンちゃんの頭を50発近く叩き、**布団で横になったのは午前3時を回った頃だった……。

翌日――。さすがに昨日までの疲れもあって、昼近くまで寝てしまうオレたち。んで、ホテルから数百メートルほど離れた所にあった洋食屋に入り、そこを出てから今度は軽く腹ごなしということで、たまたま正面にあったパチンコ屋に入った。

ところが、15分ぐらい遊んでホテルに戻るつもりだったのだが、こういう時に限ってオレが打っていた台が大連チャン。とにかく、止めたくても次々と大当たりがきて止められないのである……。

「いい加減にしろよおおおっ、いつまでもこんなことをやってる場合じゃねえだろっ!!」

パチンコ屋に入ってから約3時間後、遂《つい》にオレに対して怒りを爆発させるケンちゃん。

「わ、わかってるよっ。ホントに、もう少しで当たりが止まるからっ！」

で、それから20分後。ようやく出玉を換金し、パチンコ屋の店内にいるはずのケンちゃんの姿を捜したところ、１番奥のシマの角台でナント、**ケンちゃんもドル箱を4箱も積んでいるのである。**

「人のこと急《せ》かしといて何やってんだよっ、親父！」

「いや、おメーのことを待ってる間にふざけて打ったら、いっ……いきなり当たりが続いちゃってよ」

「とにかく、途中でもいいから止めろよっ」

「バカ野郎っ、俺の月の小遣いは２万円なんだぞっ。**殺す気かっ、俺ををを!!**」

つーことで、結局オレとケンちゃんがパチンコ屋を出た頃には夕方の5時になっていて、2人合わせて13万円近く勝ったことが判明。で、2人して嬉《うれ》しいのに泣きそうな気分で慌ててホテルに戻り、早速セリフの練習を開始。

ところが、練習すればするほど、オレは改めて己が尋常じゃない窮地に立たされていることを思い知るハメになった。というのも、今オレが必死でやっているのは必要最低限のセリフの丸暗記なのである。で、明日の本番ではソレを完璧に押さえた上で、笑えるセリフもアドリブでガンガン飛ばさなきゃならないのだ。**それを監督のピエールさんやプロデューサーの中野さんは期待しているのである。**が、このオレに果たして明日、そんな余裕が……。そう考えるたびに背中に悪寒のようなモノが走るようになっていた。

夜10時。夕食を食べることさえ忘れていたオレとケンちゃんは、ホテルから少し歩いた所にあった居酒屋に入り、定食を1つずつと冷酒を1合だけ注文。

「……アンタら、サーカスけ？」

定食をテーブルに運んできた際、オレたちの顔をマジマジと見ながら、そんな言葉を掛けてくる店のオババ。さしずめオレが人間ポンプで、小柄なケンちゃんは玉か何かに乗る男だと思われたのだろう……。

「おメーは、この仕事をナメてたな。引き受けた限りは、もうちょっと準備ってもんが必要だったんじゃねえか？」

冷酒をチビチビやりながら、珍しく穏やかな調子で話し掛けてくるケンちゃん。

「確かに……」

そう答えた直後、遅まきながらケンちゃんに対する感謝の念が湧き上がってきた。ケンちゃんの出演シーンの撮影は昨日ですべて終了してるのだ。が、オレを助けたい一心で、こんな田舎のビジネスホテルに一緒に泊まってくれ、その上、昨夜《ゆうべ》からオレに**トータルで頭を数百発も叩かれているのである。**

「ところで親父、初めてSEXしたのって何歳の時？」

「な、何だよ、藪《やぶ》から棒に……。そんなもん、母さんと結婚した直後で、確か………26ぐらいの時だよ」

「え、じゃあ、それまではヤッてなかったの？」

「当たりメーじゃんかよ。昔はそういうのが主流……あ、でも、中学に上がってからスグに変な植木屋のオッさんに倉庫の陰に連れてかれてよ、そこで無理矢理キスされたことはあるわ。……言うなよ、母ちゃんには」

「言わねえけど、ええっ!!　親父のファーストキスの相手って**男だったの!?**」

オレのそれまでの人生において、親父と2人っきりで酒を飲むのも、こうしてゆったりと話すのも、考えてみれば初めてのことだった。

「さ、時間が勿体《もったい》ねえから、ココで少しセリフの練習をすんぞ。……弁天さぁ～ん！　あの娘《こ》にアタックしちゃえばいいじゃないっスかぁ〜!」

「い、いや、オレはイイよっ。そうだゴロー、おっ……おメーがアタックしろよっ」

「あに言ってんスかぁ〜、弁天さぁん! そんなことしたら、UFOが大量に来ちゃいますよぉ〜!!」

居酒屋からの帰り道、両腕にザボンのような巨大なフルーツを1個ずつ抱えているオレとケンちゃん。居酒屋の人から**〝可哀想な2人組〟**として見られたオレたちは、**そんなお土産をもらっていた……。**

その後、ホテルで再びセリフの練習を始めたオレたちは午前2時、倒れるように就寝。ところが、たった3時間半後の午前5時半にケンちゃんから入るモーニングコール。

「な……何だよぉ〜、こんな時間にいいいっ?」

『今日の撮影は朝の8時にスタートするってんだから、そろそろ現場に向かうぞ』

「だ、だって、まだ2時間半もあるじゃ……」

『バカッタレ! 人間っていうのはな、起きてから2〜3時間しなきゃ頭が正常に働かねえんだよっ。しかも、俺たちは新人のペーペーなんだぞ。そんなもん、早く着いたら着いたで、キャッチボールか何かして待機してればいいだけの話だろっ。とにかく6時までに荷物をまとめてロビーに下りてこいっ、**ふしゃああああ〜〜〜〜っ!!**』

おい、何だよ、その気合いは……。

マドンナ役の大竹奈緒子ちゃんを挟むボキとケンちゃん。ちなみに、この「県道スター」は『SF Short Films』というショートムービー集の中に収録されています。が、恥ずかしいから観ないでね♥

で、午前6時ジャスト。ビジネスホテルの精算を済ませ、ロケ現場である廃屋のガソリンスタンドへ車で向かうオレたち。

「親父。ロケ現場までは1本道で迷いようがねえから、とにかく廃屋のガソリンスタンドが見えたら教えてくれな」

「おう、わかった。とにかく、おメーは車の運転だけに集中しとけっ」

ところが、おかしいのである……。ホテルを出てから小1時間近く車を走らせているというのに、一向に廃屋のスタンドが道路沿いに現れないのだ。で、その後も国道を突き進んでいるうちに周囲の景色がみるみる賑《にぎ》やかになってきて、遂にオレの車は房総半島の付け根にある千葉市内に突入。

「おいっ、親父。こりゃ絶対通り過ぎたっつ──の!!」

車を路肩に寄せて停め、車内の時計に目をやると時刻は既に7時15分っ。で、慌てて車をUターンさせて時速100キロ近くで来た道を戻り始めたのだが、やっぱしいつまで経っても廃屋のスタンドが現れないのだっ。

「親父いいいっ!! テメー、ちゃんと見てんのかよっ! これってオレたちが泊まってたホテルのすぐ近くまで戻ってきちゃってんじゃねえきゃよっ!!」

「し、知らねえよ、そんなこと言ったたって……」

「知らねえじゃねえっつ──のっ!! テメーがナビは任せとけ、って言ったんじゃねえくうわあああっ!! 見てみろっ、時計を!! もう、**7時47分じゃねえきゃよおおおっ!!**」

再び1本道の国道をUターンするオレ。額からは脂汗が面白いように噴き出てきて、背中の薄皮がピリピリと痺《しび》れ始めていた。

初日の演技がてんでダメだった上に、最終日の撮影に遅刻して皆を待たせることにでもなったら……。**しかも、オレたちはロケ地の近くのホテルまで取ってもらっているのである……。**

「あっ、ピエールが立ってるううっ!!」

突然、そんな叫び声を上げるケンちゃん。で、慌ててブレーキを踏んで右手を見たら、そこに廃屋のスタンドがポツンと立っており、反射的に車内の時計に目をやると**8時1分前だった……。**

その後、慌てて衣装に着替えたオレは、すぐに安藤政信クンとの乱闘シーンの撮影に突入。ところが、寝不足やら極度の心労のため、いきなり貧血状態になってしまったのである。

「フハッハッハッ……グハッハッハッハッハッハッハッ!!」

貧血が少し回復した途端、笑いが止まらなくなった。そう、恥ずかしさを通り越し、己の情けなさが猛烈にオカしくなってしまったのだ。

その後、オレは台本の殆どを無視し、その場その場でパッと浮かんだギャグを吐き出し続けた。で、夜の7時にすべての撮影が終了したと同時にピエールさんと中野さんの前に右手をガッと差し出し、無言で固い握手を交わすケンちゃん。

おい、**チョイ役が監督とイの一番に握手してどうすんだよ……。**

「ゲッツさん、2日目に取り返しましたね。俺は今日、ズ――ッと笑ってましたよ（笑）」

「こりゃ、いつか続編を絶対作らなきゃね（笑）」

ピエールさん、中野さんからそれぞれそんな言葉を掛けられ、もう少しで泣きそうになるオレ。そう、まさか褒めてもらえるとは思ってもみなかったのである。

自宅へと向かう車内。オレとケンちゃんは、安堵《あんど》感&充実感&ドロドロの疲れでナチュラルハイになっていた。

「親父、なんだか知らねえけどよぉ〜。今まで生きてきた中で1番楽しい3日間だったよな」

「うんっ!!」

なぁ、ケンちゃん……。急に冷静になるわけじゃねえけど、**小学生かいっ、ワレは!?**

ま、そんなこんなで、オレとケンちゃんにとってはホントに**人生最高の3日間**でした。

第5バカ

コンビからトリオへ

セージとベッチョは幼稚園で同じクラスになって以来、ズーーッと仲良しだった。そう、**同じ串に刺さった団子の玉のように**いつも一緒にいるのである。

2人が社会人になっても、とにかくセージの部屋に毎日のように遊びに来るベッチョ。そして、何をやってんだかわからんが、いつも愉快そうにゲハゲハ笑っていたのである。

ところが、今から約6年前。セージにミカという彼女（今の嫁）が出来て、その彼女がウチの敷地内にあるアパートで1人暮らしを始めたセージのところに入り浸るようになった頃から、**ベッチョがパッタリと遊びに来なくなった。**そして、その半年後。ウチの居間に顔を出したかと思うと、いきなり次のような宣言をするセージ。

「俺、ミカと結婚する！」

呆気《あっけ》に取られる板谷家の面々。

「お前って今、無職じゃん……」

代表して口を開くオレ。

「うん……でも、とりあえず何とかなるよ。**ミカって麦茶とかを作るのも上手だから**」

「……………………」

その後、オレはセージが着ていたTシャツの襟首をつかみ、奴のアパートの部屋でミカと一緒に正座をさせ、生まれて初めて兄として本気で説教をした。で、その甲斐《かい》あってか、数日後にはセージは陸送会社、ミカはウチの近所のレストランでウエートレスとして働き始め、半年後に地味な結婚式を挙げた。

つーことで、晴れてミカは板谷家の一員となったのだが、やっぱりセージと結婚するだけあって、このミカもかなりのズレ方をしてるのである。例えば、仕事から帰ってきたセージが「今日、ミカがお兄ちゃんに似合いそうな大きなTシャツを買ったみたいだから、後で持ってった時に大げさに喜んでやってね」なんて言ってくる。で、待っていたのだが何時になっても現れず、なぜかそのTシャツを**2週間後に渡してくるのである。**また、『ロード・オブ・ザ・リング』のDVDを貸してやったら、3日後に「ありがとうございました」と言って**『北京原人』のDVDを返してくるわ、**お盆の送り火の時には、近くに藁《わら》が用意してあるのに**キュウリで作った馬にマッチで直接火をつけようとしてるわで、**まさにセージと同じような周波数で生きているのだ。

で、セージとミカが結婚してから2年ほど経った、ある日のこと。その日、オレがたまたま1人でジイさんの墓参りに行ったところ、ウチの墓の前で線香を焚《た》きながら手を合わせてる人物がいるのである。**で、それがベッチョだったのだ。**

「ひ、久しぶりじゃんかよ……。つーか、何でウチの墓の前で手を合わせてんだよ?」

「いや、自分ちの墓もココのお寺にあるんで、いつも**ついでに拝ませてもらってるんですよ**」

「……………………」

以前、セージから聞いた話だが、セージとベッチョは中学時代の同級生の結婚式に出席した。そして、その2次会でビンゴ大会があり、ベッチョが真っ先にビンゴ!となって1位の賞品のプレイステーション2をゲット。んで、ベッチョは大喜びをしていたらしいのだが、たまたま近くにいた見知らぬチビッコに「あ~ん、ボク、それ欲しいよ~~~」と言われた次の瞬間、何の迷いもなく**「じゃあ、あげる」**と言って、そのプレステ2を渡してしまったという。そして、セージが「お前、せっかく当たったのに何であげてんだよっ」と声を掛けたところ、**「だって、可愛いんだもん」**と言ってニコニコしていたというベッチョ。……そう、ベッチョというのは、そういう奴なのである。

で、墓参りから戻ってきたオレは、ベッチョに会ったことをセージに報告したところ、「アイツ、母親がやってる質屋の手伝いをしてるらしいんだけどさ。早い話が、3年ぐら

幼稚園のおゆうぎ会でのベッチョとセージ（左ベッチョ、右セージ）。この頃から既に“右心房と左心室”状態どす。

い前から引きこもりになっちゃったんだよね」

「……お前は、それを知ってて奴を放っといてるのか？」

「いや、俺もたまには電話を……」

「あんなに仲が良かったのにっ、それで平気なんかよっ!?」

気がつくと、セージを半分怒鳴っていた。

30年近くも続いた、セージと2人だけの世界。ある日、そこにミカが突然現れた。ベッチョは戸惑い、ある種の嫉妬《しっと》を感じながらも身を引いたのだろう。そして、セージが隣にいない世界での過ごし方がわからず、結局は身動きが取れなくなってしまったのである……。

で、それから数カ月ほどして、セージがどんなアプローチを続けたのかはわからんが、ベッチョが週に1度ぐらいのペースで現れるようになった。そして、TVに映っている石原都知事を見て、**「この人って、家で鷹《たか》を飼ってるんスよね。……エサ、何やってんスかね?」**などと真顔でオレに尋ねてくるのである。そう、〝タカ派〟をそのまま解釈してる、相変わらずのバカぶりなのだ。が、オレはそんなベッチョが再びウチに寄りつくようになったことが、とにかく嬉《うれ》しかった。そして、徐々にだが、ベッチョはミカともふざけ合ったり冗談を言い合ったりするようになっていた。

で、数年前のある日のこと。セージ、ミカ、ベッチョの3人がドライブに行くというので、オレもその日は暇だったので一緒に連れてってもらうことになったのだが、とにかく話にならなかった……。

車が走り出してから30分もしないうちに、助手席のミカの顔がみるみる血の気を失い、「ちょ、ちょっと車を停めて!」と言って車外に飛び出したかと思うと、道路っ端でゲロゲロ吐いているのである。が、それは別に珍しいことではなかった。というのも、セージは**運転中に車のハンドルを微妙に左右に揺らす癖**があり、それでミカは酔ってしまうのだ。

「だきゃらっ、ハンドルを左右に揺らすのは止めろって言ってんだろうがっ！」

苦しそうなミカの背中をしばし眺めた後、セージを怒鳴りつけるオレ。

「いや、大丈夫だよ。そういう契約で結婚したんだもん。ミカだって、これでクーポンを貯められるんだもん」

何を言ってるんだろう、コイツは……。

さらに数分後。車が野猿《やえん》街道沿いのガソリンスタンドの前を通過した際、

「昔、誰かから聞いたことがあるんですけど、ガソリンってイラン人の昔の涙なんスか？」

と真顔でオレに尋ねてくるベッチョ。

「……多分な」

もう面倒臭いので、そう答えるオレ。

で、そうこうしているうちに車は厚木《あつぎ》インターから東名高速の下り線に入り、静岡方面に向かって滑走。そして約1時間後、沼津《ぬまづ》インターで高速から降りようとしたところ、

「あれっ、ない！　券がドコにもないっ！」

高速に乗る際、発券機から出てきたチケットをセージから渡されたミカが突然慌て始めた。

「ないじゃ済まねえんだよっ、ちゃんと渡しただろ！」

セージの言葉に、さらに慌てふためきながら自分の服の各ポケットやダッシュボードの

リゾート地で脳天気にビールを飲むベッチョ。が、この直後、指を滑らせてビールジョッキが粉々に……。つーか、バカって普通の人の3倍ぐらいは、コップやグラスを不注意で割るのな。いや、ホントに。

中をまさぐり始めるミカ。

「ないっ、ドコにもないよっ!!」

結局、オレたちは料金所のすぐ脇のスペースで約30分にわたって車の中を捜し回るはめになったが、それでもチケットは見つからず、結局は道路公団の職員に思いっきり迷惑がられながらも何とか正規の料金でインターから出ることができたのだが、

「なぁ、セージ……。ところで、何で沼津で降りたんだよ?」

念のため、訊いてみるオレ。

「いや、海にでも入ろうかと思っ……」

「今、11月だぞ」

「……あっ、そっかぁ〜」

「…………………」

その後、セージが運転する車は幽霊船のように沼津駅周辺を漂いだし、オレは本格的にイラつき始めたと同時にノドが急に渇いてきたので、ベッチョに駅前のコンビニでネクターの系のジュースを買ってきてくれと命令。ところが、である……。どういうわけか**ベッチョは4時間近くも車に戻ってこず、**奴はケータイも持ってないので連絡も取れず、ようやくオレのケータイにベッチョが公衆電話を使って連絡を入れてきたと思ったら、その第一声が**「あ、あの……今、ボクはドコにいるんでしょうか?」**だった。

そう、不二家のネクターを売ってるコンビニや自販機、それを探してるうちに**完全に迷子になっていたのである……。**

で、オレたちは沼津駅から3キロも離れたところでベッチョを拾い、そのまま再び東名高速に乗って立川に帰還。そして、オレは奴らのドライブに付き合ったことを心底後悔しながらもセージのアパートで一服していたところ、セージが腹が減ったと言いだし、宅配ピザを注文しようってことになったのだが、

「種類? え〜とぉ……と、とにかく、南の島で漁師とかオウムなんかがバカ騒ぎをしているような、そ、そういうヤツを1枚焼いて下さい」

というベッチョの声が隣室から聞こえ、さらにその直後、

「あっ、俺が持ってた!」

という声が寝転んでるオレの頭の先から響いてきた。そして、そちらの方に視線を向け

たところ、己のズボンのポケットから高速のチケットを見つけたセージがキョトンとした顔をして立っていたのである。

いるんです、ホントにこういう奴らって……。

第6バカ

板谷家崩壊の序曲

今から9年前、ケンちゃんが庭の雑草を火炎放射器で焼いていて、ついでにウチの母屋も全焼させてしまった。そして、その2年後には板谷家唯一の知恵袋だったジイさんが老衰で他界。……そう、これだけでも板谷家にとっては大打撃だったが、さらに試練は続いた。

ジイさんの葬式をあげてから10日も経たないうちに、バアさんが2度目の脳梗塞《のうこうそく》を起こして物や人の名前を容易には思い出せなくなり、その上、かなりボケが進んできたのである。どんなボケ具合なのかをいちいち書いてもキリがないが、**毎回オレの名前が「石沢《いしざわ》さん」「ヨネアキさん」「川越《かわごえ》のハッちゃん」「多摩川亭」と違ってる有様で、**時にはケンちゃんと死んだジイさんの区別がつかなくなって、ケンちゃんが入ってる風呂《ふろ》にバアさんが素っ裸で入ってきたことも1度や2度じゃなかった。

で、その年には、板谷家を長年にわたってオフクロと地道に支えてきたシッカリ者の妹が他家へ嫁ぐことになり、それから約1年半後の2000年の1月、今度は板谷家の屋台骨であるオフクロが**肺ガンにかかっていることが判明。**……さすがにこの時は、脳天気なオレの目の前も真っ暗になった。そう、板谷家を必死に支えていた3人のうちの2人が去り、残りのオフクロも突然、数カ月後には他界してしまう可能性もある病気にかかってしまったのである……。

が、幸いにもオフクロの右肺摘出手術は何とか成功し、他の箇所にガンが転移してる様子もなく2カ月後には無事退院。で、ホッとしたのも束の間、今度はバアさんが8カ月間のうちに計3度の脳梗塞を起こして右半身が麻痺《まひ》状態になり、遂《つい》には1人で歩くこともできなくなってしまったのだ。そんなある日、オレが出版社での打ち合わせを終えて帰ってくると、**オレの顔を見たオフクロが突然号泣。**

「ど、どうしたんだよっ？」

「今日、病院に検査に行ったらね……うっ、ううう……は、肺のガンが……うううううっ……**さ、再発してることがわかったんだよ**」

「えっ………」

自分の体から、みるみる力が抜けていくのがわかった。オレまで泣き出したい気分だったが、「大丈夫だよっ、オフクロのことだから今度の闘いにも絶対勝てるよ！」と言って己の小鼻がプシャッと弾《はじ》けそうになるのを必死で堪《こら》えた。

以後、辛《つら》い抗ガン剤治療を始めることになったオフクロ。そして、いつ再び脳梗塞を起こすかわからないバアさんは頻繁に入退院を繰り返すようになり、また、こんな時に限って皮肉にもオレの雑誌での連載が急に増えて忙しくなり、その各連載をこなすのと2人の見舞いにアップアップな毎日を過ごすことになった。

まさに、板谷家にとっては**前代未聞の危機だった……。**にもかかわらず、ケンちゃんとセージは相変わらずのバカぶりを毎日いかんなく発揮し、ある日、オフクロの見舞いから帰ってきたケンちゃんに「今日は、どうだった?」と尋ねてみたところ、

「しかし、プールっていうのは、必ずカナブンみてえな虫が、2〜3匹死んで浮いてんのな」

「………」

「しかも、俺って天丼のタレが大好きな。アレを上にかけるだけで、丼飯3杯はいけるからな」

「んなことが知りたいんじゃなくてっ、オフクロの様子を尋ねてんだよ!!」

「ああ、大丈夫だよ。……あっ、**そんなことより**今日も病院の中に入ってるサ店のカレーピラフを食ったんだけど、今日のは飯が少しダマになってて60点だったわ」

「…………」

新築中の家で微笑むジイさんとバアさん。考えてみると、この頃が板谷家の１番エエ時期だった。

で、それから数時間後。仕事から帰ってきたセージが「バアさんの様子を見てくる」と言って車で出掛け、2時間ぐらい経って戻ってきたので「バアさんは、ちゃんと病院のメシを食ってたか?」と訊《き》いてみたところ、

「……いや、知らない」

「しっ、知らないって……。おメーは、バアさんが入院してる病院に行ったんじゃねえのかよっ?」

「ま、いろんな日があるよ。俺は、そのへんのことはトータルで考えてるからさ……ね」

「………」

そう、とにかく話にならないのだ。

で、オレはそんな2人に毎日イライラさせられていたのだが、それに加え

ウチの庭で開催されたバーベキュー大会で、おはこの"アゲハ蝶焼き"を披露するケンちゃん。なんでアゲハ蝶かというと、その一連の動きがアゲハ蝶が羽ばたいているように見えるから。が、焼きそばの30%以上を地面に落とします……。

て板谷家にはもう1つ頭痛のタネがあった。**……家政婦（？）の秀吉である。**

前にも書いたが、この80過ぎのバアさんは、数年前にウチのバアさんの妹の家から半ば強引に送り込まれてきて、用もないのに勝手にオレの部屋に入ってくるわ、ケンちゃんが風呂に入っててもお構いなしにドアを開けて黙って突っ立ってるわで、おまけに家政婦として入ってきたのに**バナナを油で揚げたものがしこたま入ってる雑煮しか作れない**のである。また、その他の家事を任せてもオレの革ジャンを洗濯機で回したり、バアさんの桐のタンスを化学洗剤をつけたタワシで擦《こす》ったりして話にならないので、さすがにクビを言い渡したら、廊下のちょっとしたスペースに万年床を敷き、**板谷家の中に己の自宅を力ずくで作ってしまったのである。**

が、この時の板谷家は、まさに猫の手も借りたいほどの非常時。よって、オレは料理本を買ってきてソレを秀吉に渡し、ウチの夕食を任せることにしたのだが、

「なぁ、これってカレー粉が混ざってるじゃん……」

秀吉が作った変な色のすき焼き、それを一口食べた途端、呆然《ぼうぜん》となるオレとケンちゃん。

「何でカレー味なんかにしてんだよっ！　オレが渡した料理本に、そんなことが書いてあったのかあああっ!!」

「……………だって、夏だから」

「……………」

ケンちゃんのアゲハ蝶に"ナイアガラ"で対抗するセージ。が、焼きそばをただ定期的に持ち上げてるだけで、下の方がメチャメチャ焦げてても一切お構いなし。

そして、オレとケンちゃんが静かに箸《はし》を置いてから間もなくすると、セージがウチの茶の間に慌ただしく現れて、秀吉に次のようなことを尋ねた。

「さっき俺が仕事から帰ってきた時に、コッチの家に俺宛《あ》ての電話があったって言ってたけど、何ていう奴からだった?」

「…………」

「つーか、会社の人からの大事な連絡だったかもしれねえしさぁ。誰からだったんだよっ?」

「……セミの声がやかましくて」

「…………」

つーことで案の定、秀吉は何の戦力にもならず、と同時にケンちゃんやセージも依然としてトンチンカンなことばかしやっているので、オレのイライラは日々募っていくばかりだった。

ふと、つい10年前のウチの食卓が頭に浮かんだ。

ジイさんがいて、バアさんがいて、ケンちゃんがいて、オフクロがいて、妹がいて、セージがいて……。特にイイこともなかったが、とにかく騒がしくて、食事中だというのに頻繁に殴り合いのケンカがあって、また、笑いに溢《あふ》れた食卓でもあった。……もし、このままバアさんやオフクロが逝ってしまったら、セージは既にウチの前のアパートに移っているので、今のこの家には**ケンちゃんや秀吉といったモンスターしかいなくなってしまうのだ。**そう思ったら途端に胸が詰まってきて、オレは自室で静かに寝ているオフクロの枕元にしゃがみ込んで、情けない話だが涙をポタポタと畳の上に落としていた。

が、その後も板谷家に覆いかぶさった試練は、決して攻撃の手を緩めなかった。

オフクロは抗ガン剤治療の副作用で頭髪がすべて抜け落ち、手の爪が紫色になり、胃がムカムカして食欲が殆《ほとん》どなくなってしまったのでイッキに15キロ近く体重が落ちた。また、バアさんは再び脳の血管の一部が切れて、今回も奇跡的に一命は取り留めたものの、ほぼ寝たきりの状態になってしまったのである……。

「お前らっ、しまいにはブチ殺すぞおおおお〜〜〜っ!!」

オフクロやバアさんがそんな状態になっている中、相変わらずオフクロの目の前でタバコを吸ったり、スッポン風味のクリームシチューを作ったりしてるケンちゃんや秀吉に遂にぶちキレるオレ。気がつくと、そう叫んだ後にケンちゃんの首を両手で思いっきり絞めていた。

が、オレはいつまでもそんな怒りや感傷に囚《とら》われている暇もなく、その晩も黙々と期日の過ぎた各連載原稿を執筆していたのだが、明け方になって不意に仕事部屋のドアが開いて誰かが中に入ってきた。で、オレは、てっきり秀吉だと思って振り向きざまに怒鳴ろうとしたところ、

「えっ……ど、どうしたんだよっ？」

オレの背後に立っていたのは、秀吉じゃなくてケンちゃんだった。

「いや何か……**ね、眠れねえんだよな………**」

ケンちゃんが、オレにそんな弱音を吐いたのは初めてのことで、改めて目の前のケンちゃんを眺めたところ、小柄なケンちゃんがより小さく、しかも、まるで自分のもう1人の弟のようにも見えて、何だかわからないが**爆裂にその姿がいとおしく映った。**

「それはそうと、この部屋の中ってタバコの煙で真っ白じゃねえか。少しは窓を開けるとかしねえと、お前まで母さんと同じく肺ガンになっちまうぞっ」

突然、そんなことを言いながら、オレの机の前にある曇りガラスがはまった窓を開け放つケンちゃん。

「……おっ！」

「……あっ！」

窓の外に目をやったオレたちの口から、ほぼ同時にそんな声が漏れていた。

開け放たれた窓の向こうに広がる、明け方の白みがかった空。そこに目の醒《さ》めるような太くてクッキリとした、**まるでCG張りの虹《にじ》がかかっていたのである。**

「…………」

「…………」

暫《しばら》くの間、無言でその虹を眺めるオレたち。すると、疲れて、荒《すさ》んで、不安に包まれていたオレの心に得体の知れない力がムクムクと湧き上がってきて、気がつくと独り言のように、

「大丈夫だよ。昔、散々迷惑をかけたぶん、この家は何があってもオレが守るから……」

という言葉を吐いていた。

「調子に乗るんじゃねえやい」

ケンちゃんはそう言うと、静かにオレの仕事部屋から出ていった。

それから3日後。自主的だか、誰かに何かを言われたかは知らないが、秀吉がウチのバアさんの妹の家に戻ることになった。

が、別れの挨拶《あいさつ》もなしに、しかも、万年床も畳まずに出ていってしまったので、ケンちゃんがブツブツ言いながらその布団を畳もうとしたところ、掛け布団の中から何かがガサゴソッと出てきて、よく見るとそれは**計2000羽の千羽鶴**だったのである……。

そう、結果的には殆どの言動が空回っているのだが、ウチの誰もがオフクロやバアさんのことを当たり前に心配しているのである。そして、板谷家を覆っている、この暗くて重くて長い雲を自分たちなりに吹き飛ばそうとしていたのだ。

が、そのクソ忌々しい雲が、さらに**厚みを増して**板谷家を襲ってこようとは、この時、まだ誰も知る由もなかった……。

第7バカ

ケンちゃん、豆まき会で炸裂《さくれつ》！

今から約3年前の節分の日のこと。

「おい、起きろっ、デブ！　さくらちゃんが高幡《たかはた》不動尊に豆まきに来るんだよっ!!」

その日の昼、いきなりケンちゃんに叩《たた》き起こされるオレ。

ちなみに、オレとタレントの上原さくらちゃんは、彼女がオレの著書を読んでくれていたことから友だちになり、数年前からウチに時々遊びに来てくれるようになった。そして、ケンちゃんは**アッという間にさくらちゃんの熱烈なファンになり、**さくらちゃんと自分のツーショット写真を枕元に飾ったり、彼女が出演するTV番組なんかも欠かさず観るようになっていたのである。んで、この日の朝に町内会の人から、そのさくらちゃんが他の有名人たちとともに隣町の日野市にある神社で豆まきをするという情報を教えてもらったケンちゃんは、もう居ても立ってもおられず、オレを伴って同神社に出陣する意志を固めていたのだった。

「まったく、呆《あき》れて物も言えないよ……」

眠い目を擦《こす》りながら茶の間に行くと、ワサワサと落ち着きなく動き回っているケンちゃんを眺めながら、そんな言葉を吐くオフクロ。

「仕方ねえよ。自分の娘より可愛いさくらちゃんが隣町の神社に来るってんだから、そりゃ落ち着かねえべよ」

「いや、そんなことで呆れてるんじゃないんだよ」

オフクロの話によると、さくらちゃんが高幡不動尊に来ることを知らされたケンちゃんは、その足で彼女に渡すためのケーキをウチから4キロほど離れたケーキ屋まで歩いて買いに行ったらしいのだ。ところが、そのケーキ屋のすぐ手前で財布を持っていないことに気づいたケンちゃんは、歩いてウチまで戻ってきて、**性懲りもなく再び徒歩で同ケーキ屋に向かったというのである。**

そう、そんなに遠くにある店なら車で行きゃあいいものを、ケンちゃんは興奮すると頭がパーンッ!と鳴って訳がわからなくなる。そして、**午前中からケーキを買うためだけに計16キロも歩いているのだ。**しかも、考えてみたら、そのケーキ屋はさくらちゃんたちが豆まきをする高幡不動尊のすぐ近くにあるので、**ついでに買えばいいだけの話なのである。**

で、その豆まきは午後の2時半頃から始まるというので、オレとケンちゃんはその1時間前に家を出て最寄りのモノレールの駅へ歩いて向かったのだが、そのホームへと上がるエスカレーターに乗っている最中、ケンちゃんが手ブラだということに気づくオレ。

「親父、ケーキは？」

「ケーキぃ？　……あぁっ、忘れた!!」

そう答えるや否や、エスカレーターを逆走して下り、全力疾走で家に向かってダッシュするケンちゃん。で、10分後、ケーキが入った箱を手にしたケンちゃんがモノレールのホームに現れたのだが、周囲の家族連れなどが子供の手を引いて**ケンちゃんから避難している**のである。そう、もう背広の上から白い湯気がモウモウと上がっていて、まるで**服を着たまま温泉に浸《つか》り、そのまま出勤している男**にしか見えないのである。

で、さらに15分後。オレたちは、ようやく高幡不動尊に到着したのだが、上原さくらちゃんの他にも渡辺えり、つのだ☆ひろ、野球の定岡正二、それに加えて着グルミのキティちゃんまで来ているらしく、もう境内が何千人という人でゴッタ返しているのである。で、たまたま近くに立っていた警備員から、このタレント軍団は境内の花道をゆっくりと一回りしてから宮社の2階に上がり、そこの露台から豆をまく予定だということを聞き出した

オレは、

「じゃあ、さくらちゃんが境内を回ってる時に一声だけ掛けて、ケーキは神社の人か、さくらちゃんのマネージャーのNくんに渡して、とっとと帰ろうや」

とケンちゃんに提言。ところが、**完璧《かんぺき》にゾーンに入っちゃってるケンちゃん**の耳にはオレの声など届くはずもなく、そればかりか、いつの間にか**「しゅ！ しゅ！ しゅ！ しゅ！」といった蒸気機関車のような呼吸法になっており、**その上、目つきまでがトラックの前に飛び出る直前の武田鉄矢のようになっちゃってる始末。

（ヤバいぞ、こりゃ……）

そんな暗雲が本格的にオレの心に広がってきた次の瞬間、あろうことか、忍者のように既にオレの前から消えているケンちゃん。そして、その数分後。境内の花道を歩き始めたタレント軍団の中に当然のように交じり込んで、隣のさくらちゃんにマシンガンのような勢いで話し掛けているケンちゃんを発見するオレ……。

ちなみに、これは後でマネージャーのNくんに教えてもらったのだが、タレント軍団が境内を歩き始めたと同時に変なオッサンが警備員の目をかいくぐってさくらちゃんの背後に回り込み、「ウヘへ、キレイだねぇ〜」と言って彼女の髪の毛に触れたので、Nくんが半ば力ずくで排除したとのこと。で、それから2分も経たないうちに、つのだ☆ひろが**「あっ、また別なのが躍り込んできた」**と言ったのでNくんが身構えたところ、それがケンち

上原さくらちゃんに寄り添われ、一世一代の気取り顔で写真に収まるケンちゃん。ちなみに、さくらちゃんはいつもケンちゃんにメタメタ気を遣ってくれ、オレはホントに彼女には頭が上がらないどす。

ゃんだったというのだ。

んで、話を戻すと、花道を歩いているタレントたちは手を差し出してきた人たちに節分の豆が入った小袋を配っていたのだが、ケンちゃんに声を掛け続けられてるさくらちゃんは全く豆を配れず、しかも、場の空気を読むというか、TPOというものがブッ飛んじゃっているケンちゃんは、間もなくすると買ってきたショートケーキを箱から出して、歩行中のさくらちゃんに**「遠慮しないで食べて、食べて！」と猛烈に勧めだしたのである。**

「親父っ、列から外れろよっ!!　迷惑なんだよおおおっ!!」

気がつくと、ケンちゃんに向かっ

てそう何度も叫んでいるオレ。が、結局ケンちゃんはさくらちゃんに**ウエストポーチのように張り付き続け、**200メートルもある花道を最後まで歩ききっちゃってる始末。

「もう気が済んだだろっ、とっとと帰るぞ！」

宮社の入り口付近で、ようやくケンちゃんの首根っこを捕まえるオレ。

「いや、豆まきが終わったら、さくらちゃんたちと一緒に夕飯を食う約束をしたから」

「いい加減にしろよっ、バカ親父!! 向こうは朝からイロイロなところで豆をまいて疲れてんだっ。マネージャーのNくんに言って取り消してこいいいっ!!」

で、ケンちゃんは渋々Nくんを捜しに行ったのだが5分、10分と経っても戻ってこず、そのうち周囲から歓声が上がり始めたと思ったら、宮社の2階の露台から節分の豆を境内に向かってまき始めるタレント軍団。

「あっ、ゲッツさん！」

不意に名前を呼ばれたので振り返ってみると、真後ろにさくらちゃんのマネージャーのNくんが立っていた。

「豆まきが終わったら今日はこれでおしまいみたいなんで、お父さんの親友がこの近くでやってるっていう割烹《かっぽう》料理屋さん、そこで4人で食事をしましょう」

「あっ、いや……さ、さくらちゃんも疲れてることだろうし断りに行かせたんスけど、どこに行っちゃったん……ああっ!!」

いつの間にか、さくらちゃんがまいている豆を周囲の年寄りを弾《はじ》き飛ばしながら、**アシカのように次々と口でキャッチしているケンちゃん。**そして、間もなくすると、

「あ〜〜んんんっ！　おまえのせいでキティちゃんが投げる豆が取れないっ、取れなああああ〜〜いいいっ!!」

突然、ケンちゃんに向かってそう叫ぶ、ピンク色のスウェットの上下を着て髪の毛がボサボサの30代ぐらいの女。

「何だっ、年上の者に向かって〝おまえ〟とはあああっ!!」

負けずに、そう吠《ほ》え返すケンちゃん。

「死んでくれっ、おまえはキティちゃんのために死んでくれ！」

「あんだ、このクソ女！　テメーなんきゃ全滅させせられっ……全滅させせませっ、違うよおおっ！　ぜ、全滅させろれ……ぐぅわあああ〜〜ん!!」

「死んでくれっ、死んでくれっ」

「こっ、このクズ野菜があああああ〜〜っ!!」

そう叫びながら、そのスウェット女につかみかかろうとするケンちゃん。**まさに、この境内にいる中で1位、2位を争うアンタッチャブル同士のケンカだった……。**

で、そんな2人の間に数人の警備員が慌てて割って入り、オレもケンちゃんを取り押さえようとしたのだが、またもや忍者のように忽然《こつぜん》と姿を消しているのである。んで、20分

今回も頼んでないのに自分の“生首”を演じるケンちゃん。……なぁ、その頑張りの先には一体何があるんだよ?

近く境内の至る所を歩き回ってケンちゃんを捜していたところ、宮社の裏手で年配のお坊さんにモノ凄《すご》い剣幕で怒鳴られている男がいて、よくよく見たら**それがケンちゃんだった……。**

ケンちゃんは、偉いお坊さんでも滅多に立ち入れない国宝級のお堂、その中に土足のまま勝手に上がり込み、しかも、これまた**国宝級の仏像とかが納められている仏壇の扉を片っ端からパカパカ開けていた**らしいのだ。

「なんで、あんなお堂の中に入ったんだよっ?」

お坊さんがようやく去った後、改めてケンちゃんに尋ねるオレ。

「だって、さくらちゃんのマネージャーのNくんが見つからねえからよぉ……」

「さっきまでオレと一緒にいたよっ！　つーか、あんなお堂のっ、しかも、仏壇の中なんかにNくんが隠れてるわけがねえじゃねえかよっ!!」

「いや、Nくんは切れ者だからよ。体は平べってえけど、中身は小さなヘビが何匹もシャーシャー言いながら鎌首をもたげてるようなよぉ……」

親父、何を言っているのか1ミリもわからないよ……。

で、その後、神社の裏門でさくらちゃん&Nくんと落ち合ったオレたち親子は、ケンちゃんの親友が経営してるという割烹料理屋に歩いて向かったのだが、1軒の朽ちかかった民家風の建物の前で急に歩を止めるケンちゃん。

「ありゃ……、潰《つぶ》れちゃってるわ……」

つーことで、結局は近くにあったサ店に4人で入り、クソマズいコーヒーを飲んだだけで解散することになりました。以上。

第8バカ

ねぶたよ、さらば

ウチのジイさんが死んでから4カ月後、オレは自分が書き下ろした『タイ怪人紀行』という単行本の印税で、家族を九州の温泉旅行に招待した。

何でそんな大盤振る舞いをしたのかというと、まぁ、若い頃に家族に散々嫌な思いをさせた罪滅ぼしと、ジイさんに先立たれてふさぎ込んでいたバアさんを元気づけるためだった。

が、出発直前に「飛行機が恐い」なんて言い出したバアさんに、**シンナーの純トロを吸わせるセージ。**そして、そんな代物を86歳になって吸わされたバアさんは羽田に向かう電車の中で**ウンコを漏らし、**飛行機に乗ったら乗ったで、今度はケンちゃんが機内の通路で腕立て伏せを始め、続いて熊本の熊牧場ではケンちゃんとオフクロの口ゲンカに煽《あお》られた熊同士が血みどろの格闘を始め、自動的に**同牧場始まって以来の強制退園を食らうオレた**

ち。

また、温泉宿に着いたら、バアさんが己の頭髪の中に死んだジイさんの入れ歯を隠していたことが発覚し、ケンちゃんは日本酒を1升も飲んで翌朝に寝小便を漏らした挙げ句、**夜中の2時にクリームシチューが食べたいと騒ぎだし、**阿蘇《あそ》山の火口に入ろうとしたり、道路でペシャンコになったタヌキの死骸《しがい》を剝製《はくせい》にするとか言って家に持ち帰ろうとする始末。で、計90万円もの銭を遣ったのにボロボロになっただけのオレは、もう2度と家族で旅行なんかするまいと心に誓った。

ところが、それから約8カ月後の夏、今度は一家でねぶた祭を見に青森まで行こうという話が急浮上してきたのである。もちろん、オレは断った。が、この3泊4日の旅行は自分の費用は自分で払うということになったらしく、それでもオレが迷っていると、1泊は青森市内に住む遠縁の家、そして、あとの2泊はその遠縁のコネで取ってもらった市内のホテルに……という手はずをオフクロが勝手に整えてしまい、仕方なしにオレも参加することになってしまったのである。

で、その旅行当日の朝の、羽田空港に向かうためにそろそろ家を出ようとした時だった。

「あんだよっ、そのド恥ずかしい帽子はあああっ!?」

茶の間で真っ黄色のカウボーイハットをかぶっているケンちゃん、それを見て呆《あき》れた声を上げるセージ。

「何だよ、ド恥ずかしいって？」

「今時、そんな帽子をかぶってる奴なんかいねえだろうよっ！」

「そんなもん、大きなお世話だろうがっ!!」

　セージに怒鳴り返すケンちゃん。そして案の定、いつもの口ゲンカがスタート。

セージ「そんなもんをかぶったジジイと一緒に行動するなんて、俺は絶対嫌だかんなっ！　無難に野球帽か何かをかぶっていけよっ」

ケンちゃん（以下、ケン）「そんなことをいちいち指図される筋合いはねえっつ——んだよっ!!　テメーだって、ケガもしてねえのに手首に変テコなタオルを巻きつけて大した気になってんじゃねえかよっ！」

セージ「これはリストバンドっていうんだよっ！」

ケン「リストバンドぉ～？　**……そんなとこから音を出してどうすんだよっ!?**」

セージ「音なんか出ねえよっ。これは汗を拭《ふ》くためのもんだよっ！」

ケン「じゃあ、コーイチ（オレ）みてえに首からタオルをぶら下げりゃあいいだろうがっ。大体テメーは、単細胞のくせにカッコをつけることだけは一丁前なんだよっ！　**基本に戻って学ランを着ていけっ、学ランをををを!!**」

セージ「今時30にもなって、学ランを着て旅行に行く奴なんていねえよっ!!」

ケン「そんなもんっ、そこらじゅうにいるよ!!」

セージ「ドコにいるんだよっ!? ドコで、そんな化け物を見たんだよおおおっ!?」
ケン「こっ、この近くの多摩川の河川敷を歩いてたよっ」
セージ「ウソをつくなっつ——のっ！　もし、それがホントだったらっ、ソイツはただの変態だっつ——のっ!!」
ケン「可哀想によ……。**少し血を吐いてたよっ!!　母親を小まめにオンブしてたよっ!!**」
セージ「無理矢理いい話に持ってって誤魔化そうとしてんじゃねえええっ!!」
ケン「とにかく、**テメーは失敗人間だよっ**」
セージ「あんだよっ、失敗人間って!?」
ケン「メダカとか飼ってもっ、半日で死なせちゃったりする奴のことだよっ！」
セージ「俺はメダカなんて飼ったことねえっつ——のっ!!」
ケン**「じゃあ、捨て子だよっ、お前はあああっ!!」**
セージ**「がっ………」**
ケン「……ま、今のはウソだけどよっ」
セージ「ふざけんじゃねえええっ!!　**悔しさにかまけてっ、そんなウソをつく親がドコにいるんだよおおおおっ!!**」
ケン「るせえっ!!　とにかく貴様は最近、偉そうなんだよっ!!」
セージ「何が偉そうなんだよっ!?」

ケン「ほらっ、その口の利き方からして充分偉そうじゃねえかっ！ 大体、テメーみてえなガキッコロがっ、ねぶた祭なんかを見るのは26年早ええんだよっ」
セージ「あんだよっ、その中途半端な年数はよっ!!」
ケン「うるせえっ、口から勝手に飛び出しただけだろうがっ！ 大体、テメーみてえな半ペラ野郎はなぁ……」
「あ〜あ〜、せっかくの旅行の前に、いつまでそんなおへんなしなことを言って怒鳴り合ってんのかなぁ〜。悲しくなっちまうよぉ〜。**鎌か何かで、自分の首を落としちまいたいような気分だよぉ〜**」
ケンちゃんとセージの怒鳴り合いを見かねて、そんな言葉を挟むバアさん。そして、これがさらに**事態を悪化**させることになってしまったのである……。

ケン「じゃがましいわっ。今、バカ息子に物事の道理ってもんを教えてんだからっ、ババアはスッ込んでろっ!!」
バアさん「あ〜あ〜、自分の親をババアなんて呼ぶのかよぉ〜。**死んだおジイさんが中国で泣いてるよぉ〜**」

最近お気に入りのマスクをかぶり、バットマンならぬ「バッカマン」に変身するケンちゃん。が、いきなり一服……。

頼みもしないのに自分ちの屋根に上り、そして下りられなくなるバッカマン。20分ぐらい放っといたら、ようやく「助けてくれ……」という弱音を吐いた。

ケン「中国じゃなくて天国だろうがっ！　外国に行ってどうすんだっ、このクソババア!!」
バアさん「あ〜あ〜、ババアの前にクソまで付けちまうのかよぉ〜。もう旅行なんて行きたくなくなっちまったよぉ〜」
セージ「親父っ、バアちゃんに謝れよっ!!」
ケン「だきゃらっ、テメーはそうやって偉そうに人に指図をするんじゃねえってことが、まだわからねえのくぅわあああっ!!」
バアさん「あ〜あ〜、世も末だよぉ〜。馬車にでもひかれちまいたいよぉ……」
セージ「やいっ、クソ親父！　バアちゃんは最近、ようやく元気が出てきたんだぞっ!!　だから、みんな今回も自分の仕事に都合をつけてっ……」
ケン「自分の仕事に都合をつけるも何も、**お前って今、無職じゃん**」

セージ「…………」
ケン「しかも、今回のお前の旅行代を出すのって俺じゃん」
セージ「…………」
ケン「なっ、テメーは偉そうなことを言ってもっ、基本がメチャクチャなんだよっ!! **チンパンジーが操作してるラジコンのヘリコプターなんだよっ、貴様はああああっ!!**」
バアさん「あ〜あ〜、セージは仕事をしてないのかよぉ〜。また病気が始まったのかよぉ……」
セージ「いっ、……いや、3カ月前までは、ちゃんと働いてたんだよっ。だけど、勤めてた陸送会社が急に景気が悪くなっちゃってさっ」
バアさん「また、そんなささっぽさな（下らない）ことを言ってんのかよぉ〜。これじゃあ板谷家は潰《つぶ》れちまうよぉ〜」
セージ「黙れってんだっ、このババア!! だきゃらっ、3カ月前までは、ちゃんと働いてたって言ってんだろうがあああっ!!」
バアさん「この子には何かが憑《つ》いてんのかなぁ〜。**このままじゃ黄色い憲兵隊に連れていかれちまうよぉ〜**」
セージ「いつまでもブツブツ言ってんじゃねえよっ!! うざってえからアッチ行けよおおおっ、このゲロババア!!」

ケン「俺の親に向かってゲロババアとは何だああぁっ!!」
セージ「うるせえっ、とにかくそのコッ恥ずかしいカウボーイハットを脱ぎやがれっ!!」
バアさん「あ〜あ〜、あたしゃゲロなのかよぉ……」
ケン「この帽子が何だってんだっ、くぅおらっ!! そもそもテメーなんかになっ、ねぶた祭を見るライセンスなんかねえんだよおおおっ!!」
セージ「それはっ、どんなライセンスなんだよっ!?」
ケン「そんなもんっ、東北地方の人の気持ちがわかるライセンスだろうがっ！」
バアさん「じゃあ、ゲロが草むしりをしてたのかよぉ〜。**ゲロがお湯を沸かしてたのかよお〜**」
セージ「東北地方の人の気持ちって何だよっ!?」
ケン「**ササニシキだよっ！**」
セージ「ササニシキとねぶたに何の関係があるんだよっ!?」
ケン「そ、そんなもんっ、**抜きつ抜かれつの関係じゃやねえかよっ！**」
セージ「ざけんなっ、感覚と勢いだけで喋《しゃべ》ってんじゃねえよおおおっ!!」
バアさん「あ〜あ〜、孫が火傷《やけど》をした時、**ゲロが馬油《バーユ》を塗って治したのかよぉ〜**」
セージ「だきゃらっ、ババアもさっきからしつけえんだよっ!!」
ケン「**うちのババアにババアとは何だあああぁ〜〜〜っ!!**」

そう叫んだ次の瞬間、真っ赤な顔をしてセージにつかみかかっていくケンちゃん。で、慌ててオレとオフクロが間に割って入り、何とか2人を引き離したのだが……。

ケン「もう行かないっ、もうこんなウジ虫野郎と旅行なんか行かないいいっ!!」

そう怒鳴った直後、今度は家から飛び出していくケンちゃん。そして、セージもすっかりむくれて自分の部屋に隠《こも》ってしまい、呆れたことに**その青森旅行は中止になってしまったのである……。**

で、それから5カ月も経たないうちにオフクロが肺ガンにかかっていることが発覚し、さらに1年後にはバアさんも派手な脳梗塞《のうこうそく》を起こして右手と右脚が麻痺《まひ》状態になってしまったので、結局そのメンバーで家族旅行をする機会はなくなってしまったのだ。

今思えば、あの九州への温泉旅行で遣った90万円、オレにとってあれほど活《い》きたお金はなかったと思う……。

第9バカ

ベッチョ完全復活！

ウチの茶の間で、セージとベッチョが笑っていた。そして、そのベッチョの表情を一目見ただけで、オレは奴が**完全復活**したことを確信した。

前にもチラッと書いたが、セージとベッチョは幼稚園からの幼なじみで、まさに双生児のように仲が良かった。ところが、今から6年前にセージに彼女ができ、その1年後にセージと彼女のミカが結婚した頃からベッチョが**突然引きこもりになってしまったのである。**

そう、30年近くも続いていたセージと2人だけの世界。ある日、そこにセージの彼女が入ってきた。ベッチョは戸惑い、ある種の嫉妬《しっと》を感じながらも身を引き、そして、**セージが隣にいない世界での過ごし方がわからず、結局は身動きが取れなくなってしまったのである。**

で、それから数年後。ベッチョはセージの度重なる誘いにより、週1のペースぐらいで再びウチに来るようになった。が、その表情の片隅には、いつも寂しさのようなものが張り付いていて、（コイツ、まだ本調子じゃねえんだなぁ～）と思ってたら、間もなくして再び引きこもり状態に戻ってしまったのだ。

で、その後、ドコをどうしたのかセージは神奈川県の平塚《ひらつか》にある陸送会社の雇われ所長になり、つい1カ月前にセージの執拗《しつよう》な説得により、ベッチョはセージの会社に入ることになった。そして今、ウチの茶の間でホントに楽しそうにゲラゲラと笑っているのだった。

「グハッハッハッハッハッハッハッハッハッハッ!!」

2人の会話を横で聞いてるうちに、オレまで笑いが止まらなくなっていた。オレは一応、今までにベッチョが起こしてきたバカエピソードは殆《ほとん》ど押さえてきたつもりだったが、初めて耳にする奴のバカ伝説が次々と飛び出てくるのである。

まず驚いたのは、**幼稚園時代のベッチョは入れ歯をしていた**ということだった。で、友だちとジャレ合いになったりすると必ずその入れ歯を外し、それを相手の顔にくっつけようとするらしいのだ。んで、その時に入れ歯を叩《たた》き落とされたりすると急に激怒して、相手が泣くまで**「お母ちゃまに言いつけてやるううぅっ！」**という言葉を連発していたというのだ。また、小学生になったらなったで、**大好きな給食のカレーシチューを配膳《はいぜん》前にバケツごと家に持ち帰ったり、**用務員室の押し入れの中でウンコをしたり、学校の池にバスクリン（入浴剤）をドバドバ入れて金魚や鯉を全滅させたりしていたとのこと。

さらに中学に上がると校内で傷害事件を立て続けに起こし、しまいには担任の教師に延髄斬りを食らわして病院送りにした挙げ句、後日**その先生の親のところに謝りに行かされた**というのだ。そして、高校の入学式の日にいきなりバイク（しかも無免許）で登校し、その日のうちに退学処分を言い渡されていたのである。

そう、ベッチョは基本的には情に厚い優しい奴なのだが、10代の頃は**正真正銘の問題児**だったのである。

「プハッハッハッハッハッ!!く、苦しっ……グハッハッハッハッハッハッハッハッハッハッハッハッハッハッ!!」

その後、オレの笑いはさらに止まらなくなっていた。というのも、セージが所長を務める陸送会社にベッチョが入ってから丸1カ月が経ち、2人のやり取りの内容がその会社でのことになったのだが、案の定、ベッチョがいろいろやらかしているのである。

まず、奴は入社初日の朝礼の時にいきなり**「べ、ベッチョでござります！」**と皆に頭を下げ、その後も極度の緊張のためか自分でも何を喋《しゃべ》ってんのか全くわからなくなり、そう

「見せたいものがある」と言うので後をついてったら、鉄橋の下で突然バズーカ砲をブッ放すセージ。ちなみに、この写真を見たケンちゃんがムチャクチャ悔しそうな顔をしていた。

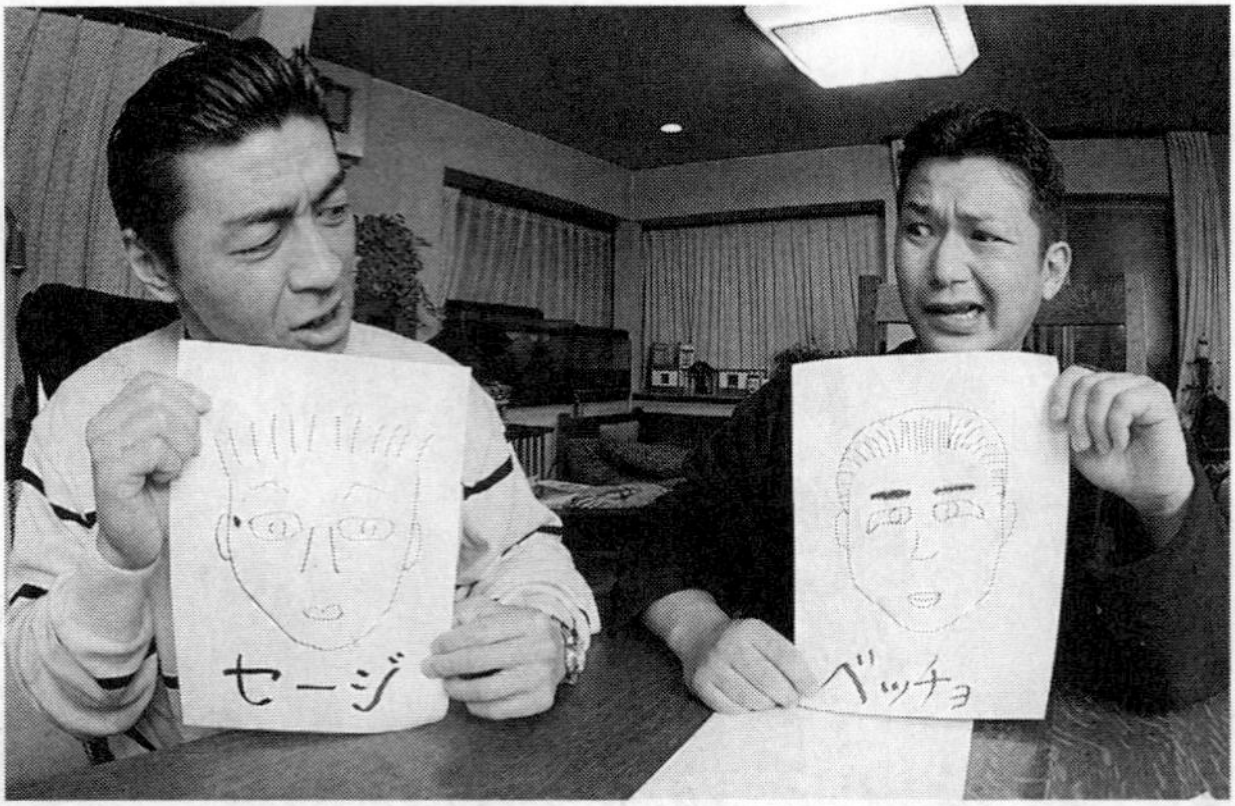

お互いの似顔絵を描くベッチョとセージ。ちなみに、ベッチョは「セ」の字をド忘れしたらしく、その書き方を真顔でオレに尋ねてくるという絶好調ぶり。

こうしてるうちに急に気持ちが悪くなってきて**吐いた**というのだ。そう、その会社でのベッチョの初仕事、それは**己のゲロを片付けることだったのである……。**

で、その後、セージは近くの銀行に用事があったので、事務所に突っ立っているベッチョに「とりあえず、トラックに水でもかけて掃除しといてくれよ」と言って外出。そして、30分ぐらいして会社に戻ってきたら、ベッチョが書類や地図帳なんかを収納している木製のラック、**それを事務所の外に出してホースの水をかけながらブラシでゴシゴシ擦《こす》っていた**というのだ。

「グハッハッハッハッハッハッハッハッ!!　ラッ、ラックじゃなくてトラッッハッハッ!!」

で、入社2日目。静岡の支社にトラックで大量のナットを届けるようセージに命じられたベッチョは、地図を書いて渡したのにもかかわらず、なぜか**岡山県の方まで行ってしまったらしく、**セージがケータイで「わざわざ細かい地図を書いて渡したじゃんかっ！」と怒鳴ったところ、**「俺、地図を見ると頭の裏側がシクシクしてきちゃうんだよね」**という答えが返ってきたという……。で、それ以降、セージがトラックで出発する前のベッチョに念入りに指示するようになったこともあり、暫《しばら》くは何事もなくホッと胸を撫《な》で下ろしていた矢先に、ベッチョが運転するトラックがイカを輸送しているトラックに真横から突っ込むという事故が発生。幸いベッチョや相手の運転手にもケガはなかったが、車の修理代と合わせて衝突のショックで死んでしまった**約200パイのイカ、その代金も相手側から請求されることになり、**セージは本社の社長に大目玉を食ったという。

「プハッハッハッハッハッハッハッ!!　くっ、苦し……グハッハッハッハッハッハッハッハッハッハッハッハッハッハッハッ!!」

さらに、つい10日前に東名高速の浜名湖《はまなこ》サービスエリア、そこでベッチョがラーメンを食べるために食券を買ってカウンター前の列に並んでいたところ、自分と同じトラックの運転手風の男に右足を踏まれ、その際に「あっ、すんません」と謝ったら、相手が「気をつけろ!」と睨《にら》んできたとのこと。で、ラーメンを食べてる最中、**ようやく何で足を踏まれた自分の方が謝ったのか?ということに気付き、**急に腹が立ってきて、その男を捜してたらトイレの近くにある自販機で缶コーヒーを買っていたのでトイレに連れ込んだ。そして、「何で足を踏まれた俺が、足を踏んだテメーに謝ってんだよっ!」と言おうとしたのだが、メタメタ興奮してたので**「何で足を踏まれた俺の足が、謝るテメーに謝ってんだよっ!」とか言ってしまい、**男に「おメー、バカだろっ?」と返されたベッチョは相手の顔面に右ストレートを発射。で、さらにトイレの個室の中にその男を連れ込み、**その足を100回踏んでやった**とのこと。んで、ようやくトラックに戻ったらロックするのを忘れてた運転席側のドア、それが思いっきり開いており、**セージから預かっていた15万円入りの集金袋が物の見事に失くなっていた**という……。

「グハッハッハッハッハッハッハッハッ!!」も、もう、勘弁してくれっ……グハッハッハッハッハッハッハッハッハッハッハッハッ!!」

で、も1つオマケに、つい4日前。再び「静岡の支社にナットを届けてくれ」とセージに指示されたベッチョは、音楽をかけながら東名高速をノリノリで運転。で、途中の御殿《ごてん》場《ば》あたりで(それにしても、今日は俺の大好きな曲ばっかがラジオから流れるなぁ~)と思って視線を下げたところ、その音楽はラジオではなくMDのコンポから流れていて、**そこで初めて奴は自分の会社のトラックではなく己のクラウンを運転していることに気付い**

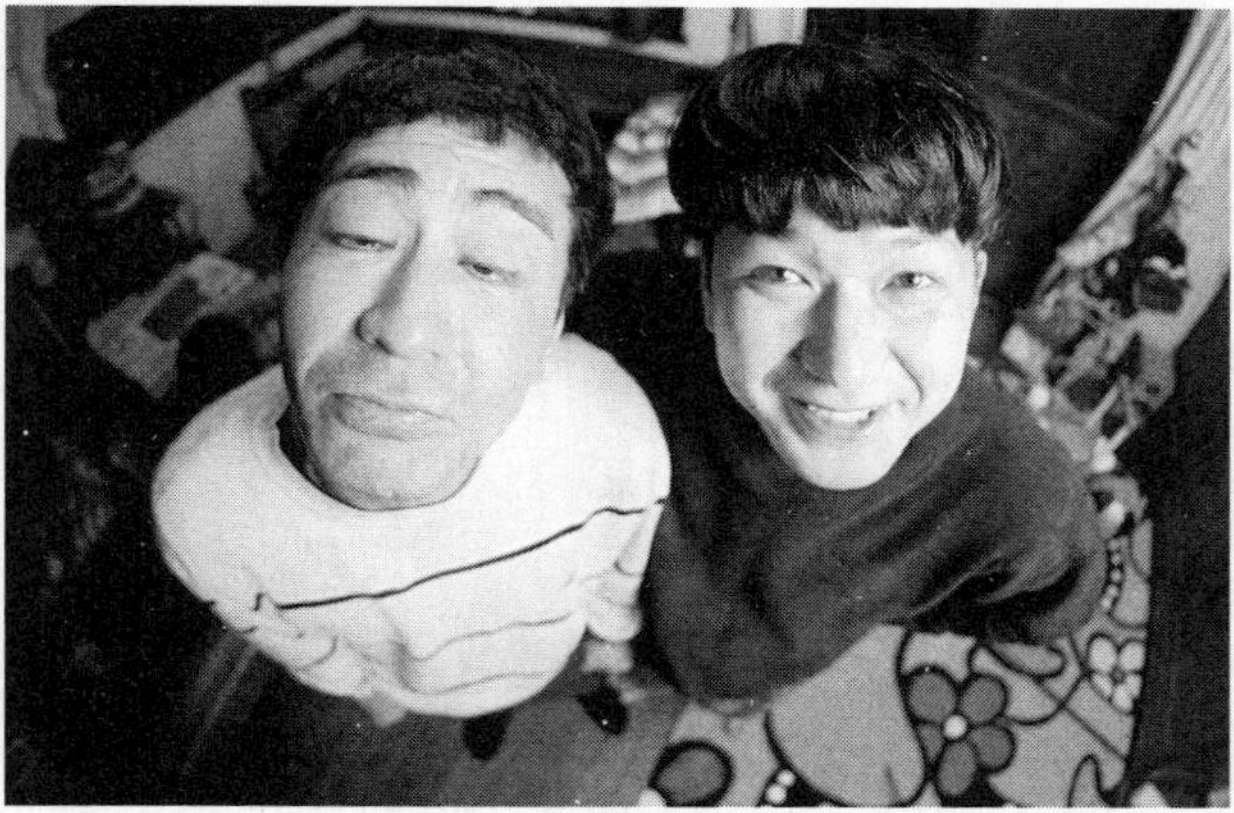

カツラをかぶって上機嫌になるバカコンビ。以前のベッチョは少年隊の錦織に似てたけど、今はワッキー似になっていることが判明。

たとのこと。で、慌てて会社に引き返したものの、セージに叱られるのが嫌だったので、車を会社近くのファミレスの駐車場に停め、こっそりと会社からトラックに乗って再出発。そして2時間後、ようやく静岡の支社に到着したと思ったら、荷台を開いた現地のスタッフが「何だよ、これ……」とア然としているのでベッチョも荷台の中を覗《のぞ》き込んだところ、**ボロボロの『ヤングジャンプ』が1冊だけ横たわっていたと**いう……。そう、ベッチョは**1日に2度も乗る車を間違えた**のである。

「プハッハッハッハッハッハッハッハッ!!　た、頼むきゃらっ……プグハッハッハッハッハッハッハッハッハッハッ!!　も、もう止めっ……プハッハッハッハ

ッハッハッハッハッハッハッハッハッ!!」

気がつくと、オレはベッチョとセージとともに笑い転げていた。こんなに本気で腹から笑ったのは久々のことだった。

と同時に、引きこもりだったベッチョを何度も自分の会社に誘い、僅《わず》か1カ月の間にベッチョがこれだけの面倒を起こしているにもかかわらず、奴と一緒に腹を抱えているセージのことを初めて**(偉い!)**と思った。そして、この2人の関係が心から羨《うらや》ましくもなった。

つーことで、ベッチョ。これからもオレたちのことを笑わせてくれよなっ。

第10バカ

バアさん、死ぬ

2003年4月10日、ウチのバアさんが入院先の病院のベッドで静かに息を引き取った。享年92歳。ブカのおじさんが死んでから、**まだ3カ月しか経ってなかった。**

その一報をケンちゃんから電話で知らされた時、もちろんショックだったが、と同時に意外と冷静に**(マズいっ)**と思った。実はその時、オレは自分が出す単行本の赤入れ(本文がより面白くなるように加筆・修正する作業)に追われていて、そのギリギリの締め切りが2日後に迫っていたのである。

が、バアさんが死んだとなると、数時間もしないうちに親戚《しんせき》やら何やらがドドッと押し寄せてきて、その作業が殆《ほとん》ど出来なくなる……。そう思ったオレは、すぐに近くのビジネスホテルに予約の電話を入れ、1時間後には同ホテルの1室に移っていた。そう、ギャグ本の赤入れだったので、**その仕事を終えるまではバアさんに会わない決心をしたのである。**

ジイさん＆バアさんを伊豆の海に連れていく27歳の頃のセージ。帰宅したバアさんが開口一番「暑いだけだったよっ、しょうもない」と吐き捨てたのが印象的だった。

ビジネスホテルの8畳一間の部屋は、ウソのように静かだった。自分が〝おみそ〟になったような気分だった。

イロイロな感情が自分の心から噴き出してくる前に、オレは赤入れの仕事を始めた。そして、こんな時なのにその作業を淡々と進めている自分に内心驚いてもいた。

窓の外が暗くなってきた頃、ホテルに入って初めてタバコに火を点《つ》けた。間もなくして、抑えていた**懺悔《ざんげ》の念**が横隔膜を突き破るようにして迫《せ》り上がってきた。

オレは子供の頃、初孫ということもあって**バアさんにメチャメチャ可愛がってもらった。**そして、10代の後半〜20代の中頃までは、バアさんにかなり酷《むご》いことをし続けてきた。

暴走族時代やヤクザの事務所に頻繁に出入りしてた時などは、そういう行動をバアさんに咎《とが》められる度に「るせえっ、クソババア!! 頼むから早く死んじまえよっ!!」といった罵声《ばせい》を平気で浴びせ、また、20代前半のプータロー時代には**半年以上にわたってバアさんから2日に1度のペースで1万円をせびり取り、**大した罪悪感も抱かずにパチンコを打ちに行っていた。

その後、ようやく少しだけ目が覚めたオレは、バアさんを車の助手席に乗せてスーパーの買い物に付き合ったり、ライターとして少し食えるようになると、バアさんとジイさんを温泉や行楽地にちょくちょく連れていくようにもなった。そして、そんなある日、オレは**忘れられない光景**を目の当たりにすることになったのである。

その日の午後、オレはバアさんを車に乗せて、バアさんの妹が入院したという神奈川県の某病院に行くことになった。そして、その病院の中に入って驚いた。病室がズラ――ッと並んでるというのに不気味なほど静かなのである。で、廊下を歩きながら各病室をのぞき込んでるうちに、今度は言葉を失うことになった。どの病室にも6つのベッドがギチギチに詰め込まれていて、**鼻に管を通された真っ白なジイさんやバアさんたちが植物のように横たわっていた**のである。ベッドが植木鉢に見えた。ココは病院という名を借りた収容所だと思った。そして、ウチのバアさんがどんなにボケボケになっても決してこんな所に入れるもんかっ、冗談じゃねえええっ!!……と思った。

その後、板谷家に数々の試練が集中砲火のように降ってくるようになった。

まず、板谷家唯一の知恵袋だったジイさんが木が突然枯れるように他界し、オフクロが肺ガンになり、バアさんも続け様に脳梗塞《のうこうそく》を起こした。そして、オフクロの肺に巣くったガン細胞は手術で摘出することはできたが、**1年後に再発。**その間にバアさんもさらなる脳梗塞に襲われ、右半身が麻痺《まひ》状態になって歩けなくなってしまったばかりか、以前のようなバカな快活さもドコかに消えてしまったのである。そして、病院での抗ガン剤治療を一応終えて自宅療養中のオフクロ、その手を焼かしてばかりいるバアさんに対して、オレは**急に腹が立ってきた。**

「なあ、バアさん！　オフクロが危ねえから1人で風呂《ふろ》に入っちゃいけねえって何度も注意してんのに、何でそうやって1人で入っちゃうんだよっ!!　耳まで聞こえなくなったのかあああっ、ワレは!!」

気がつくと、そんな調子で怒鳴っている時さえあった。

出口の見えない濃いストレス、それが板谷家の中に蔓延《まんえん》していた。

オフクロは己の病魔と闘いながらバアさんに3度の食事を摂《と》らせ、下の世話をし、風呂にも入れなければならないというストレス。ケンちゃんは妻の身を案じながらも、自分の母親の容態を看視するようにして毎晩添い寝をしなければならないストレス。オレもオフクロの身を案じながら、遅々としてはかどらない何冊かの書き下ろしの仕事に圧迫されつつ、毎日のように襲ってくる連載原稿の締め切りや頼まれた仕事をただ消化していくしかないというストレス。そして、バアさんは**（みんなに悪い。何でアタシは死ねないんだろう……）**というストレスに身を削られていた。

そんなある日、オレは突然正気に返った。

（1番甘えてんのはオレじゃねえかっ。オレがやってるのは自分の仕事だけなんだっ。オレは今まで何人もの友人や知人に**「ウチのバアさんは老人病院などに入れたりせず、自分が一生家で面倒を見る。板谷家は代々そうやってきたんだ」**って得意気に吹聴《ふいちょう》してたじゃねえかっ!!）

で、その日のバアさんの晩メシはオレが食べさせることになったのだが、やってみて初めてその大変さにガク然とするしかなかった。**キツネうどん1杯を食べさせるのに1時間もかかるのである……。**

情けないことに、オレはその夕飯を1回食べさせただけで再びバアさんの世話を放棄した。そして数週間後、オフクロが再び抗ガン剤治療のために長期入院することになったのを機に、ケンちゃんと話し合ってバアさんの世話も別の病院に頼むことになった。

誰かの結婚式に出席中のモンスターたち（向かって左からブカのおじさん、バアさん、ケンちゃん）。なぁ、バアさん、アンタの頭部は牡蠣かいっ？

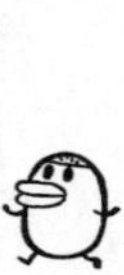

オレは感情の洪水を必死でせき止めて、再び赤入れの仕事に没頭した。数時間置きに「うがあああああああ〜〜〜〜〜〜〜っ!!」という奇声を上げながらも、とにかく各文脈がより面白くなるように**ギャグを考え続けた。**

気がつくと、窓の外が白み始めていた。そして、2本目のタバコに火を点けた途端、今度は病院にいるバアさんを最後に見舞った時のことが頭に蘇《よみがえ》ってきた。オレは、その病院にバアさんが入院していた約1カ月半の間、見舞いに訪れたのはたったの1回だけだった。

その日、後ろめたい気分でバアさんの病室に顔を出すと、以前バアさんと訪れた病院のように1部屋に6つのベッドがギチギチに詰め込まれており、真っ白い老人が鼻に管を通されて植物のように並んでいた。**その中の1人がウチのバアさんだった……。**

「ああ、コーちゃん（オレ）……。コッチは心配ないから、お母さんの方に行ってきな……」

ようやく目を開けたバアさんは、オレが目の前に立っていることに気づくなり、そんな一言を静かに吐き出して再び眠りに入った。そして、それがバアさんから掛けられた**最後の言葉**となった。

そんなことを思い出したら、小鼻がたちまち弾《はじ》けそうになった。が、1度泣き始めたら仕事にならなくなると思って、オレは慌ててタバコを揉《も》み消して再び赤入れの仕事に没頭することにした。

結局、その仕事はビジネスホテルに隠《こも》った3日目の夕刻に何とか終わった。そして、加筆・修正した原稿をバイク便で出版社に送った後、家で喪服に着替えてバアさんの通夜に出た。

棺《ひつぎ》の中のバアさんの顔、それは何だか人形のようで、冗談のようで、それを5秒と眺めないうちに腹の奥がビクッ、ビククンッ！と痙攣《けいれん》を始めた。が、下唇とアゴの間を血が出るほど上の歯で嚙《か》んで、何とか泣くのを堪《こら》えている自分がいた。

翌日、バアさんの葬式で**ケンちゃんの泣き顔を生まれて初めて目にした。**そして、泣くのを堪えてテキパキと動いていたセージが、お経を上げ終わったお坊さんを寺まで送るので車を貸して欲しいと言ってきたのでキーを渡したところ、

スピイイイイイイイイイイ〜〜〜〜〜〜〜〜ッ!!

オレのキーに付いていたレスキュー隊員用の小さな笛、それをTPOを一切考えずに**反射的に吹いてしまい、**耳をつんざくような音を葬儀場全体に響かせ、10人以上の年寄りに尻《しり》モチをつかせるセージ。

（おいっ…………）

で、夕刻になってようやく葬儀の全行程が終了すると、すぐに車に乗ってオフクロが入院している病院に向かうケンちゃん、オレ、セージ。

「みんな、ありがとね……」

病院の休憩所、そこでバアさんの通夜と葬式が無事に済んだことをオレたちから報告されると、大粒の涙をポロポロ流しながら、そんな一言を吐き出すオフクロ。

自分の病気を押してバアさんの世話をし続けてきたオフクロは、1カ月半前にさらに濃い抗ガン剤を打つために入院を余儀なくされ、バアさんの最期を看取《みと》れなかったばかりか、その通夜と葬式にも出席できなかったのである……。**そのオフクロの悔しさ**が、痛いほどオレたちに伝わってきていた。**その無念さ**が蜃気楼《しんきろう》となって、この休憩所全体の空気をユ

ラユラ揺らしてるような感じさえしてきた。

気がつくとケンちゃん、オレ、セージの3人はオフクロが座っている長イスの前に膝《ひざ》をつき、オフクロを含めた4人で**歪《いびつ》なスクラムを組んでいた。**間もなくして、そのドーム状の暗闇の中でセージの小鼻が弾け、それにつられるようにしてケンちゃんの小鼻もプシャと弾けた。

オレたちは途方もなく不安だった。バアさんに逝かれ、大して日も経たないうちにオフクロまで逝ってしまったら板谷家は、いや、自分たちは一体どうなってしまうのか……。

そう考えると、そのドーム内の闇がさらに真っ暗になった。

「オフクロ、あとのことは心配しなくていいから、とにかくアンタは病気とのタイマンに勝ってちょうだいよ、ねっ」

オレは背中の震えを極力抑えながら、精一杯呑気《のんき》な声を出していた。――

あ〜あ、ウチのバアさん、死んじゃったのか……。もういなくなっちゃったのかぁ………。

「うわあああっ!!」

帰りのエレベーターの中で突然、大声を張り上げるケンちゃん。

「どっ……どうしたんだよっ?」

「バアさんの骨を忘れてきちまったよっ!!」

「ド、ドコにいいいっ!?」

「たっ、確か……葬儀場の前の………**あっ、ガードレールのクニュンと曲がったところの上だっ!!**」

「なっ………………」

結局、バアさんの遺骨は、その葬儀場から1番近くの交番に届けられていた……。

第11バカ

それでも板谷家は回る

バアさんの納骨から、ちょうど1週間経った日曜日のこと。

その日の午前中、オレとケンちゃんは車で近所のジムに向かっていた。そう、オレたちは気分転換のために、少し前から一緒にジムに通うようになっていたのである。

が、案の定、ケンちゃんとジムに通うのはキツかった。というのも、皆がTシャツを着てトレーニングをしている中、**ケンちゃんだけが両乳首が丸見えのロシアの重量挙げの選手が着てるようなタンクトップ姿**なのだ。その上、初日から見栄《みえ》を張って80キロのウエイトが付いたベンチプレスに挑戦し、力み過ぎて大放屁《だいほうひ》をジム内に響かせたばかりか、各インストラクターに**「俺も昔はチャンピオンでさぁ〜」**という言葉を掛けまくっているのである。

で、普通ならインストラクターの方も「チャンピオンって、何のチャンピオンですか？」

はい、今回の写真は花見バージョンなんスけどね。つーかねっ、プライベートの花見でなんでカツラをかぶるかなあああ〜〜っ!!

と訊《き》き返してもよさそうなもんだが、相手は1人だけ明らかにテンションが違うタンクトップ姿で、しかも、**「にょいしゃ!!　……にょいしゃ!!」**という独特の掛け声を上げながら各マシーンを動かしてる**化け物**である。よって、適当にやり過ごすために「ほぅ、そりゃ凄《すご》いっスねぇ〜」などという言葉を返すのだが、それらを額面通りに受け取ったケンちゃんはますます増長。で、3回目にジムを訪れた時には、既に他の利用者の指導をするようになってしまい、また、エアロバイクを必死にこいでいる利用者にも機関銃のように話し掛け、片っ端から**酸欠状態にしてしまう始末。**

ま、キリがないので話を戻すと、その日の午前中にジムが入っている市営体育館に出向いたところ、日曜日ということもあって駐車場が満車状態なのである。よって、少し離れたところにある臨時の駐車場の方に回ってみたのだが、あろうことか、そこも満車なのだ。で、仕方なくバックして同駐車場から出ようとしたところ、

ガシャ―――ンンンンン!!

駐車の枠から少し突き出た感じで停まってた車、その横っツラにオレのRV車のリア部分が思いっきり激突。

「……………」

車の中で固まるオレとケンちゃん。で、間もなくして車から降りたオレは、その激突部分を恐る恐る覗《のぞ》き込んだところ、自分の車は大して傷付いてなかったものの、相手の車はベッコリと凹《へこ》んじゃっているのである……。で、頭を抱えながら一旦《いったん》、自分の車の運転席に戻るオレ。

「コーイチ……」

「わかってるよっ、相手の運転手が戻ってくるまでココにいりゃあいいんだろ!!」

助手席のケンちゃんに苛立《いらだ》って言葉を返すオレ。そう、ケンちゃんはバカだけど、正義

感だけは人一倍強いのである。

「行っちゃえ……行っちゃえ……行っちゃえ……」

「えっ!?」

助手席から微《かす》かに響いてくる声に我が耳を疑うオレ。

「行っちゃえ……行っちゃえ……行っちゃえ……」

「い、いいのかな……」

「行っちゃえ……お前は何もしてない……行っちゃえ……」

つーことで、オレたちはそのまま車で家に帰っちゃって、この日のトレーニングは終了……。

で、その2時間後。今度はオフクロが入院してる病院に向かうために、再びケンちゃんを助手席に乗せて車のハンドルを握っているオレ。

ウチのオフクロは、再発した肺ガンに対する集中的な抗ガン剤治療を一応終え、この日付で自宅療養に切り替わることになったのである。で、数カ月ぶりに退院したオフクロを乗せて家に向かっていたところ、その車内でタバコをスパスパと吸い始めるケンちゃん。

セージ＆ベッチョも早くからベロベロ。ちなみに、ベッチョはこの15分後ぐらいに、すぐ脇を流れている水深10センチの川に頭からダイブ。額を２センチぐらい切りました。

「おい、ウチのオフクロの肺ガンは治ったわけじゃねえんだからっ、こんな狭いところでタバコなんか吸ってんじゃねえよ！」

「うるせえんだよっ、当て逃げ野郎!!」

「なっ……」

で、それからさらに数時間後。なぜかニコニコ顔になっているケンちゃんとオフクロに呼びつけられるオレとセージ。

「おバアちゃんのタンスの中を整理してたら、70万円入りの封筒が出てきたんだよ。だから、今日はこのお金でパーッと美味《おい》しいものでも食べにいこうよ」

そう言って、病み上がりの顔をさ

らに輝かせるオフクロ。

で、それから1時間後。八王子にある「みんみん」というラーメン屋の座敷席、そこにセージの嫁のミカを含めた計5人で座ってるオレたち。

「なぁ、棚からぼたもちで70万円も出てきたのに、結局はコレかい……」

オレは半分呆《あき》れながらオフクロに文句を言い、間もなくすると席までオーダーを取りに来るラーメン屋の兄ちゃん。

「まぁ、いいや……。じゃあ、オレはチャーシューメンとライスね」

「……甘えの構造」

突然、そんな一言をオレに浴びせてくるケンちゃん。そして、ケンちゃんは普通のラーメンを注文したので、オレが「せっかくだから親父もチャーシューメンにすればいいじゃん」と言ったところ、

「鉄の意志」

「…………。じゃあ、せめてライスぐらいは」

「鉄の意志！」

「…………」

で、それからラーメンが運ばれてくるまでの間、いろいろな思い出話に花を咲かせるセージ。

「でも、やっぱりブカのおじさんは普通じゃなかったよね。だって、ほら、2年前にブカのおじさんて車にハネられて、脚の骨とかバキバキに折れちゃったじゃん。そんで、俺が病院に見舞いに行ったらさ。ベッドに寝てたブカのおじさんが『あのさぁ～、セージ。**車に轢《ひ》かれる瞬間って、なんでか知らないけどイナリ寿司《ずし》とか食べたくなんのな**』とか言ってワハハハ！なんて笑ってんだよ」

身内の大暴走に、もう酔って自分に麻酔をかけるしかなくなるオレ。気がついたら、すぐ背後の川に体の3分の1ぐらいを浸けながら寝てました……。

「グハッハッハッ！　イ、イナリ寿司って……グハッハッハッハッハッハッハッハッ！」

「あと、バアちゃんなんかさ。俺が高校を受験する時に、新設校のT高校か、都立のH高校のどっちを受けようか迷ってたらさ。真顔で、**そんなに親切ならT高校の方にしなよぉ〜なんて言ってさ。**新設校を親切な高校だと勘違いしちゃっててさっ」

「グハッハッハッハッハッハッハッハッ！」

セージの話に腹を抱えて笑うオレたち。この日、退院したばかりのオフクロもホントに愉快そうに笑っていた。

（まだ大丈夫だ……。オレんちは、まだまだ大丈夫だ……）

オレは笑いながらも、そう自分に言い聞かせていた。

で、この日の晩。オフクロが一応退院したので安心したのか、茶の間で珍しく1人で酒を飲み始めるケンちゃん。が、一升瓶の日本酒をまるでフルーツ牛乳でも飲んでいるようなペースでゴクゴクやっていたので、そんなバカな飲み方をするな！とセージが注意したところ、

「大きなお世話っちゃ。酒ぐらい自分のペースで飲ませろっちゃ」

「あんだよっ、**そのラムちゃんみてえな喋《しゃべ》り方はっ!?**」

「うるさいっちゃ」

「何がうるせえんだよっ！　てか、気持ち悪りぃから、その喋り方は止めろっつーのっ!!」

「鉄の意志！」

「な、何が鉄の意志だよっ。とにかく、アッチの部屋で休んでるオフクロが心配すんから、そんなバカな飲み方は止めろってんだよっ!!」

「鉄の意志！」

「テメーはっ、殴んなきゃわかんねえのくぅあああああっ!!」

そう叫んで、ケンちゃんにつかみかかろうとするセージ。で、慌ててオレが2人の間に割って入ろうとした次の瞬間、ウチの茶の間に数カ月ぶりに**ひょっこりと現れる家政婦(?)の秀吉……。**

「………………」

あまりに唐突なことだったので、一瞬にして固まる部屋の空気。そして、間もなくすると部屋の茶ダンスの上に置いてある額に入ったバアさんの遺影、それから秀吉の視線が動かなくなっていた。

「えっ……ひょっとして、知らなかったのっ!?」

オレの言葉を無視するかのように、バアさんの遺影を黙って眺め続ける秀吉。そう、バアさんの妹の家に戻っていた秀吉は、ウチのバアさんが死んだことを誰にも教えてもらえなかったのである。

「うっ、ううううう……うっ、ううううう……」

間もなくして、静けさをゆっくりと裂くように響き始める秀吉の泣き声。

「うっ、うううう……な、情けないよぉ……うっ、うううう……」

「つーか、なっ……泣くなよ。歳も歳だったたし、基本的には大往生だったんだからさ」

少し戸惑った感じで、そんな言葉を秀吉に掛けるセージ。

「うっ、うううう……ここに向かってる途中、**ひゃっくりをした拍子に、うっ、うううう……オババを漏らしちまっただよ……うっ、うううう**」

おいっ、あれだけ遺影を眺めてたのに、このババアは**ウチのバアさんが死んだってことにビタ一文気づいてねえじゃねえかよおおおっ!!**

つーことで、こんな状況でも、とにかく板谷家は回ってるのだった……。

第12バカ

バカの衝動力

バカというのは、日常生活の大半を**衝動だけで生きている。**今回は、そのことを裏付ける事件を2つ紹介しよう。

ウチのバアさんが死んだ約5カ月後、**板谷家にドロボーが入った。**

時刻は真夜中の3時頃。茶の間からゴソゴソする音が聞こえてきたので、不審に思ったケンちゃんが布団から出て様子を見に行ったところ、40代ぐらいの見知らぬ男が棚の中を物色していたという。で、ケンちゃんに「どちら様？」と声を掛けられた男は一瞬ギクリッ！としながらも、至って冷静に「お酒を取ってこいと言われまして……」と返答。んで、ケンちゃんは、てっきりオレの友だちか何かだと思って「日本酒でいいんなら1本あるぞ」と言って台所に向かおうとしたら、背後から首の付け根あたりをモノ凄《すご》い力で両手で叩《たた》かれたという。

で、普通の60代後半の男なら、その一撃で倒れ込んでしまい、その隙に犯人は逃走……と相成るわけだが、**ケンちゃんは頭はアホだけど体はゲッターロボのように頑丈**なのである。よって、**「えっ、どうしたの?」と普通に振り返ったところ、**男はビックリして尻《しり》モチをついてしまい、その際にコタツの角に尻が当たってガシャーンッ!!という音とともにコタツ台、そして、その上にあった湯飲み茶碗《ぢゃわん》などがひっくり返った。で、その音で家族全員が茶の間に飛んで来て、その男は誰の知り合いでもなくドロボーだということが明らかになったのである。

そんで、ここからバカの衝動力が炸裂《さくれつ》するわけだが、まず、「警察に任せた方がいい」と言うオフクロのまっとうな意見を無視し、ドロボーの顔面をメチャメチャな勢いで蹴《け》っ飛ばし始めるウチの狂犬セージ。その上、奴はグッタリとなったドロボーの手の平に、たまたま近くにあったボトル入りの墨汁を塗りつけ、「いざという時の証拠になる」と言って**手形を押させてから、ようやくドロボーを解放**してやったのである。

ところが、である。よくよく見ると、手形が押してあったのは紙ではなく**白いTシャツ**で、翌朝、**そのTシャツを着て会社に出勤していくセージ……。**で、その晩、夕食を平らげたオレがお茶を飲もうとしたら、昨夜欠けてしまったオレの湯飲み茶碗の一部が**ステンドグラスになっているのである。**むろん、犯人はケンちゃんで、セージと同じく衝動だけでそんな加工を施してしまうのだ。

そう、つまり、ケンちゃんとセージは**昨夜ウチに入ったドロボーを肴《さかな》にキッチリと遊んでいたのである。**……なぁ、こんな奴らって他にいると思うか？

ところが、そんなことがあった約3カ月後。あろうことか、今度はセージの親友の**ベッチョの家にもドロボーが入った**というのだ。そして、つい先日、その時の話をベッチョから直接聞いたオレは、やはり**バカの衝動力**というものに驚愕《きょうがく》するしかなかった。

その日、ベッチョが自宅の2階にある自分の部屋で昼過ぎまでゴロゴロしていると、家のチャイムが鳴るのが聞こえた。が、この頃のベッチョは引きこもりだったので、気にも留めずにベッドでウトウトしていたという。すると、今度は下の階から物音が聞こえてきたが、家の隣の建物で質屋をやっている母親が何かを取りに来たのだろうと思って、相変わらずベッドでウトウトするベッチョ。

そのうち階段をゆっくりと上がってくる足音が聞こえ、間もなくして静かに開く部屋のドア。そして、ベッチョが「ノックぐらいしろよ！」と怒鳴ろうとしたら、そのドアの隙間から**見知らぬ中年男の顔が覗《のぞ》いていた**のでビックリしたという。

「だっ……誰!?」

が、ベッチョの問い掛けを無視するかのように静かに閉まるドア。そして、階段をモノ凄い勢いで駆け下りる音が聞こえてきたと思ったら、途中からその足音がゴトゴトッ、バッターーンッ!!という地響きを伴った音に変わった。で、さすがのベッチョもベッドから飛び起きて階段を下りていくと、さっきの見知らぬ中年男が右脚の脛《すね》を両手で押さえながら唸《うな》っており、しかも、ボタボタと鼻血を流していたという。

「だっ、大丈夫ですかっ!?」

そう声を掛けてみたが、相変わらず唸っているだけの男。

「どっ、どちら様ですかっ!?」

そう尋ねてみたが、やっぱり唸っているだけの男。ところが、「脚が折れてるかもしれないから、きゅ……救急車を呼びますよ!!」とベッチョが言ったところ、男は鼻血と脂汗を同時に流しながらも「大丈夫っ、大丈夫っ！　ちょっと休んでれば治るからっ」と答えて、脚を押さえたまま茶の間の中にゴロゴロと転がり込んだという。

「ご、ごめんね……。お父さんが留守の時に来ちゃって」

「いや、別にいいんスけど……」

自分の親父の友だちにしては若いと思ったが、**その一言ですっかり相手を信用し、**鼻血を拭《ぬぐ》うためのティッシュを箱ごと相手に渡したりするベッチョ。で、暫《しばら》くすると男が**風呂《ふろ》**

に入らせてくれないかと言ってきたので、「でも、今は全然沸いてなくて水ですよ」と答えたところ、「だ、大丈夫。シャワーを浴びるだけだから」と言うので男に肩を貸しながら風呂場まで案内したとのこと。

そして数分後、風呂場から響いてくる、何かが軋《きし》んでいるような音……。

「ど、どうしたんスかっ？」

心配になり、風呂場の外から声を掛けるベッチョ。が、男からの返答はなく、相変わらず何かが軋んでるような音が聞こえるので、思いきってドアを開けようとしたら中から鍵《かぎ》が掛かっていて開かず、ドアの曇りガラスに顔をつけて内部の様子を窺《うかが》ってみたところ、男のシルエットが風呂場の大きな窓を開けて何かをやっているのがわかったという。

で、パニクったベッチョは、無我夢中で家の外から風呂場に回り込んだところ、窓のすぐ向こうに縦に走っているアルミの棒状のフェンス、そのうちの2本を曲げて、その間から**必死に外に出ようとしている男の姿が……。**

「どっ、どうしたんスかっ!?」

「いや、ま、窓を開けたらっ……い、犬が襲ってきたんで、そっ、それで逆に捕まえてやろうと思ってさっ」

「えっ、どっ……どんな犬っスかっ!?」

「いや、あっ……脚が4本あって、とっ……とにかく、アッチの方に逃げたからっ」

「じゃあ、俺、捕まえてきますよっ!!」

そう言って家の門から飛び出すと、男が指さした方に向かって走りだすベッチョ。そして、その際に何故か**（自分は、あの男の人のことが嫌いじゃないっ）と思った**という。で、その後、ベッチョは数匹の犬を発見したが、**どの犬も4本脚なので、**どれが自分ちの風呂場に入ろうとした犬だかわからず、男から別の特徴を訊《き》こうと思って家に戻ったところ、男の姿はドコにもなかった。そして、呆然《ぼうぜん》となりながらも再び家の前の道に出たら、自分が犬を捜しに行った反対側の方向、その彼方《かなた》に片方の脚を引きずりながら歩いている男の後ろ姿を発見。で、アッという間に全力疾走で男に追いつくベッチョ。

「はぁ……はぁ……ど、どうしたんスかっ？」

「いや……あっ、れ、例の犬がいて、おっ、おっ……追いかけてたんだよっ」

「え、マジっスかっ!?……あっ、靴をはいてないじゃないっスかっ？　自分、持ってきますよっ」

「いや、いいから！」

「いや、持ってきますから、ちょっとココで待ってて下さいねっ」

「いや、いいって。**……っていうか、お前はバカだろっ？**」

「……バカぁ？」

突然、男の口から飛び出た〝バカ〟という言葉。ベッチョはショックで、悲しくて、悔

それぞれの衝動力でドロボーを撃退?したベッチョとセージ。誰か、この2人から“バカ”を盗んで欲しい。200万までなら払う用意がある！

しくて、気がつくと**涙がポロポロとこぼれていたという。**そして……、

「あんだよっ、人が心配してんのにバカってよおお〜〜〜っ!!」

怒濤《どとう》の怒りが急に込み上げてきたベッチョは、そう叫ぶと**相手の男を20発ぐらい殴り、**そのまま自分のベッドに戻って漫画『包丁人味平』のカレー戦争の巻を読み耽《ふけ》ったとのこと。そして、夕飯の時に一連の出来事を両親に一応報告したところ、そりゃどう考えてもドロボーだろ……ってことで大騒ぎになり、調べてみたら茶ダンスの中に入れておいた5000円分のビール券だけが盗まれていたことが判明。で、それから2年半近く経った今も、ベッチョは**そのドロボーの小汚い運動靴をはいて**セージのところに遊びに来ているという次第である。


つーことで、ドロボーもバカの家に入ると大変だわな……。

第13バカ

会社でのケンちゃん

今をさかのぼること2年、オレのホームページに1本のメールが届いた。差出人の女性は、ケンちゃんの元会社の同僚の娘さんで、次のようなことが書いてあった。

『とにかく、「板谷バカ三代」を読んでいると家で起こったことだけでも充分に笑えるのですが、**何で会社で起こったことも書かないのでしょうか?** 私が父から聞いた範囲だけでも、かなりの面白いことがあり、それらも書けばケンちゃんのオカシさが、さらに立体的に楽しめると思います』

で、オレは1日に十数本くるメールの中の、その1本のことをいつまでも覚えていて、いつかは返信しようと思いつつ、アッという間に2年が経ってしまった。

んで、今から半月ほど前に、そういえばこんなメールが2年前に届いたぞ……ってなことをケンちゃんに言ったら、**「そりゃ、野球部の大西さんの娘さんだな……」**という答えが返ってきて、「じゃあ連絡を取ってくれないか」と頼んだところ、連絡先はもうわからないという。ところが1週間後、ケンちゃんは近くに住んでいた別の元同僚に大西さんの住所と電話番号を聞いてきたらしく、それによると大西さんは隣の市に住んでいるとのことだった。

ということで、早速オレがその番号に電話すると、大西さん本人が出たので「ちょっと待って下さい」と言ってケンちゃんに替わると大西さんはスグにわかったらしく、その後、またオレが電話口に出て「実は、今から2年前に大西さんの娘さんにメールをもらいまして……」と言ったら、**たまたまその娘さんがソコにいた**のである。で、そこから話はトントン拍子に進み、翌週の火曜の夕刻に計4人でJR立川駅の改札で待ち合わせをすることになった。

で、当日、ケンちゃんと立川駅の改札で待っていると、大西さんとその娘さんが現れたのだが、野球部ではピッチャーだった大西さんはケンちゃんより2歳年上だというのに背がヒョロリと高く、オレより3つ上だという大西さんの娘さんも、まだ30代ぐらいにしか見えなかった。んで、とりあえず近くの居酒屋に入り、ケンちゃんや大西さんが働いていた某自動車メーカーでのことを早速聞くことになったのだが、まず大西さんが口にした1球目が凄《すご》かった。

それによると、会社の野球部では大西さんはピッチャー、ケンちゃんはキャッチャーを

若い頃のケンちゃん（向かって右）。
雪を食べてる……。

12年ぶりの再会に乾杯する大西さんとケンちゃん（向かって左が大西さん）。なぁ、ケンちゃん、とにかくあんまり飲むなよな。アンタは糖尿病なんだから……。

やっていたらしいのだが、ある日、試合の前にケンちゃんがキャッチャーミットを左手にハメようとしたのだが、痛くてハメられなかった。で、大西さんが「どうしたんだよ？」と言ってケンちゃんの左手を見ると、その前日に中指を車のドアに挟んでしまったらしく、**中指のツメが半分取れかかっていた**らしいのだ。するとケンちゃんが**ドコからかペンチを持ってきて、ソレで自分の中指のツメを全部引っこ抜いてしまい、**「よし、これで大丈夫だ！」と言ってキャッチャーミットをハメたという……。

「ホ、ホントに抜いたのかよっ？」
「ああ……そう言われれば、そんな

 こともあったなぁ～。ガハッハッハッハッハッ!!」

「…………………」

で、野球の試合が終わると、よく会社の近所の店に晩飯を食いに行ったらしいのだが、ソコでもケンちゃんの食欲が毎回のように爆発。三鷹にあるギョーザ屋では、**ギョーザを147個。**吉祥寺《きちじょうじ》の寿司《すし》屋では、**トロとタマゴばかりを130個。**そして、武蔵境《むさしさかい》の中華屋に5～6人で入った時も「ラーメンとチャーハンと酢豚を7つずつと、あと肉野菜炒《いた》めと八宝菜を8つ……いや、10個ずつ持ってきて」と1人で注文を済ませてしまい、余ってもソレを**全部1人で食べてしまったらしいのだ。**で、その後は飲みに行くと大抵ケンちゃんはベロベロになり、そうなると会社に自分の車を置いたまま、**国道を20キロぐらい歩いて帰っていくらしいのだ。**が、ケンちゃんは翌日には遅刻もせずにちゃんと会社に出てくるので、大西さんは（大したもんだなぁ……）と思っていたらしいのだが、実は大したもんだったのは**ウチのオフクロ**だったのである。

というのも、確かに思い出してみると今から20～30年前、ケンちゃんは毎月1回ぐらいの割合で夜中にベロベロになりながら帰ってきていたのだが、ウチに上がり込んだ途端、毎回ドコからかノコギリを持ってきて**ウチで1番太い大黒柱を切り始める**のである。で、もちろんオフクロは慌ててソレを止め、「何やってるのよっ?」とケンちゃんに訊《き》くと、決まって**「いや、た……棚を作ろうと思っれさぁ～」**という答えが返ってくるのだ。そして、とにかくそんなケンちゃんをいち早く寝かしつけ、が、翌日の朝5時には叩《たた》き起こして入浴をさせ、会社にキチンと送り出していたのもウチのオフクロだったのである。

さて、立川駅近くの居酒屋に入ってから約1時間半後、今度はソコから徒歩10分ぐらいのところにあるケンちゃんお薦めの小料理屋に移動するオレたち。そして席についてから2分もしないうちに、再び大西さんの口から**凄い剛速球**が飛び出してきたのである。

それによると、今から30年ぐらい前の真冬に7～8人で酒を飲んだ大西さんたちは、そのまま電車に乗り、気がついたら中央線の終点の高尾駅まで来ていた。そして、電車から降りた一行は寒いということで、ケンちゃんの指示でナント、**駅のトイレのドアを燃やして暖を取った後、**これまたケンちゃんの指示で持っていたタバコをすべてベンチの上に置いた。で、それを人数で割ったところ1人6本あって、ケンちゃんは皆にソレを配った後、「さぁ、これからはサバイバルだぞっ！」と叫んだ。ところが、その直後に**ケンちゃんが高尾駅の改札の脇で急に寝始め、**皆もその真似をして寝始めたら、翌朝には**全員が近くの警察署に連行されていて、**そこで目覚めたというのだ。

（いい時代だったんだなぁ……）

案の定、酔い潰れるケンちゃんを大西さんが介抱。だから、あんまり飲み過ぎるなって何度も注意したのに……。

大西さんの話を聞いているうちに、つくづくそう思った。

皆、陽気で明るく、また、ケンちゃんのようなキャラが通用していた時代。オレも、そんなノビノビとした時代に1度ぐらいは若き日のケンちゃんに巻き込まれて、ダメな青春を謳歌《おうか》したいとさえ思った。

「そういえばさぁ、俺たちは日曜になると、よく毛無山《けなしやま》にも行ってたよなぁ〜」

そう言って、再び日本酒を呷《あお》りだす大西さん。

「毛無山？ ……ああっ、山頂に立つと、とにかく目の前にある富士山がキレイに見えるって山でしょ。ガハッハッハッ！ 行った、行ったっ」

「で、板《ばん》さん（ケンちゃん）は1回、会社の奴のバイクのサイドカーに乗って毛無山の近くまで行ったじゃん」

「ああ、行ったね〜〜」

「そしたら、板さん覚えてるっ？ 俺は、そのバイクの真後ろを車で走ってたんだけど、途中で**板さんが乗ってるサイドカーの真下から茶色いものが時々、コロコロ、コロコロ……って道路に転がってさぁ。で、よく見たらウンコなんだもんっ、それ！」**

「ガハッハッハッ！　そうそう、あのサイドカーの下って半分ぐらい開いててさぁ。で、どうしてもクソがしたくなったから俺、ズボンを半分ぐらいズリ下げて……ガハッハッハッハッ！　何だよっ、大西さんは見てたんかよ!!」

「そりゃ見るよ！だって、真後ろを走ってたんだぜっ。プハッハッハッハッ！」

「ガハッハッハッハッハッ!!　何だよっ、それならそうと、あの時に言ってくれよっ。ガハッハッハッハッハッハッハッハッ!!」

それから、1時間後。ケンちゃんは完全に酔い潰《つぶ》れ、オレは大西さん&その娘さんをタクシー乗り場まで送ってから、ケンちゃんを負ぶって帰りました。

つーことで、大西さん&娘さん。あの日は、ありがとうございました。ケンちゃんも久しぶりにメタメタ楽しかったと思います。**翌朝、アフリカ象のような勢いで小便を漏らしましたけどね……。**

第14バカ

SOS! 航空母艦

ウチのバアさんが死んでから5カ月。板谷家は、表面上は普通の生活に戻っていた。

そう、肺ガンを患っていたウチのオフクロは、新たな抗ガン剤治療のために病院に数カ月間入院していたが、2カ月前からは退院して通いで抗ガン剤を打つことになったのだ。よって、点滴で抗ガン剤を打った2〜3日後は自分の部屋で気持ちの悪さと闘っていたが、それを過ぎると食欲も少し出てきて、表面的には普通の健康な人と殆《ほとん》ど変わらなく見えたのである。そして、彼女がガンに効くといわれていた**アガリクス**というキノコ、それを粉末状にしたものを飲み始めたのも退院してスグのことだった。

そう、つまり、抗ガン剤治療やアガリクスがオフクロにどれだけ効いているかはハッキリしなかったが、それでも彼女は随分と落ち着いて見え、そのことが家族にも安心感を与えていたのである。

ところが、2003年の9月21日のこと。その日の夕刻、オレは自分の部屋に籠《こも》って原稿を書いていたところ、

「あぁっ……うわあああああ〜〜〜っ!!」

そんな悲鳴が突然、下から聞こえてきた。

で、慌てて階段を下りていくと、ウチの庭でオフクロが左手を抱え込むようにしてうずくまっており、しかも、その左手からは鮮血がポタポタと下に落ちていたのである。

「どっ……どうしたんだよっ、オフクロ!?」

「どうしたもこうしたもねえよっ、**この野郎がいきなり噛《か》んだんだよ!!**」

オレからの質問にオフクロの代わりに答えたケンちゃん、彼はそう言い終わると、オフクロの近くにいたウチの飼い犬のスキッパーに飛びかかり、

(うわっ、なっ……何やってんだよっ、このオッサン!!)

体長が1メートル50センチもあるスキッパーの腹の下に潜り込んだかと思うと、次の瞬間にはスキッパーを背負う体勢になり、そして、「このバカ犬があああ〜〜っ!!」という怒鳴り声とともに**1本背負いを決めてしまったのである。**

が、とにかくオレは、**その時はそんなことはどうでもよくて、**すぐにオフクロを自分の車に乗せると、そのまま近くの病院に連れていった。で、その結果、ウチのオフクロは左手を4針だけ縫うことになったが、手術が済むと少し休んだだけで家に帰れることになっ

本邦初公開のウチのオフクロ。若い頃は、皇室の"紀子さま" に似てたよ〜ん。ホントだよ〜ん。

たのである。

それにしてもビックリしたのは、スキッパーに対してである。この犬は今まで8年間も飼っているのだが、**人に吠《ほ》えることなど殆どなく、ましてや人を噛んだことなどは1度もなかったのだ。**それなのに、この日、夕飯をやろうとエサ皿を差し出したオフクロの左手を2回も噛んだのである。

「クゥン……クウウゥ〜ン……」

夜中に家に帰ってから間もなくすると、茶の間の隅から、そんな声が響いてきた。そして、そちらの方を向くと、裏庭に出られるガラス戸を開けて、そこから顔をのぞかせたスキッパーを「大丈夫だよ……もう大丈夫だよ」と言って抱きしめているオフクロ。

町内の消防団にも所属しているケン。まだ1度も出動したことはないが、個人的には実家1軒を全焼させてます。

結局これなんだよなぁ〜、オフクロがみんなをまとめ上げる力って……。

で、その事件から20日ほど経った10月9日、検査を終えて病院から帰ってきたオフクロが妙に明るいのである。

「ど、どうしたんだよ？」

「うん、私のガンがね、アガリクスが効いたのか、**どの細胞も小さくなっててさ。**しかも、**その細胞の中心部が空洞になってきたんだよっ**」

「ホ、ホントかよっ、おい！」

それからの板谷家は、まさにお祭り状態だった。

何たって今年1年だけでも、まずブカのおじさんが亡くなり、続いてバアさんが亡くなり、オマケに板谷家の中核にドデンと座っていたウチのオフクロも抗ガン剤治療であまりイイ結果が出ていなかったのである。ところが、そのガンが、いきなり小さくなってきたというのだ。

「はいっ、今夜も好きなだけ食べてちょうだいね！」

そう言って、その晩もカットされた桃やメロンが盛りつけてある**洗面器**、それを夕飯後の食卓にドカン！と出してくるオフクロ。ちなみに、オレんちでは大量にフルーツを食べる際はいつもこの洗面器盛りで、**今になって考えれば気持ちの悪い話だが、**とにかくオフクロは昔からイイことがあるとそうしていたので、ケンちゃんやオレは何の迷いもなくフォークを伸ばしていたのである。

また、ケンちゃんも気持ちに余裕がある時は、よくウチの前の道路端でバットを持って野球の素振りをしているのだが、そうすると頻繁に通行人に話し掛けられるのである。で、先日もバットをブンブン振っていたら、ケンちゃんと同い年ぐらいのオヤジに立川駅までの道を尋ねられ、

「ここをズーッと真っすぐに行ってさっ、そうすんと……**と、とにかく駅のニオイがしてくるからっ。大丈夫だからっ**」

なんて答えているのだ。つーか、駅のニオイってどんなニオイだよっ？

それから、警官に「山田さん（仮名）ちの7歳になる娘さんが今朝から行方不明なんですけど、どっかで見かけませんでしたか？」なんて訊《き》かれた時は、

「山田さんちの娘？……ああ、あの**『禁じられた遊び』みてえな顔したガキか。**……知らね」

とか答えてたけど、『禁じられた遊び』みてえな顔したガキって何だよっ？　そんなんでわかる奴っているのかよっ？

で、オレ同様にオフクロが大好きなセージに至っては、オフクロのガン細胞が小さくなってきたという情報を聞いた瞬間から、あまりに嬉《うれ》し過ぎて**逆に不安定になってきた**のである。どう不安定になったのかというと、ある晩などは「今日はウチでタコ焼きを作るぞ」と言ったのに外出。で、変な時間に帰ってきたので今度は麻雀《マージャン》をやらねえかと誘ってみるも「いや、いいよ」と断ってきたが、ウチで作ったタコ焼きだけは20個ぐらい持って隣にある自分のアパートへ。ところが、夜中にはやっぱり麻雀をやりに来て、その後、アパートで休むと言ったのにウチでプレステ2の『鬼武者』をやり、熱中しているのかと思ったら、いつの間にか自分のアパートに帰還……と、殆どがこのペースなのである。

ま、それでもケンちゃんやセージがオカしいのは今に始まったことではなく、いや、むしろ**オカしいのが普通**だということで変に安心していたのだが、オフクロにイイ検査結果が出た4カ月後のこと。その日、病院に行っていたオフクロから、彼女の肺のレントゲン写真のコピーを見せられた。**……ガンが少し広がっていた。**

オレは、もう少しでテーブルの上に載っていた鉄の灰皿、それを床に思いきり叩《たた》きつけ

「いい顔をしろ」と注文をつけたら、この表情……。
みんな、こういう顔にダマされちゃうんだろうなぁ～。

るところだった。

4カ月前、オフクロのガン細胞が小さくなっていると聞いた時には、あれだけ心に高揚感が走ったのに、今回の報告でオレの心はまた地面に……いや、地面を突き破って再び地中へ入ってしまったのだ。

つーか、**月に10万円もかかるアガリクスって、ホントに効くんかよっ⁉**

てか、**その前に抗ガン剤って打つ意味があんのかよっ⁉** オレだって知ってるよっ！ 抗ガン剤にだっていくつかの種類があって、患者から採取したガン細胞に、その抗ガン剤をつけて最も効果があったモノを打ってくんだろっ。ところが、打ってるうちにガンの方がその抗ガン剤に慣れてきて、徐々に効果がなくなっていくんで、今度は違う抗ガン剤を混ぜ合わせたりして打ってくんだろっ!! でも、逆に考えれば、抗ガン剤って最初に打ったものでガンが消えなけりゃ、あとはただ誤魔化しで打ってくだけじゃねえのかあああっ!?

……落ち着け、オレ。そんなことは当のオフクロだって勿論《もちろん》知ってるんだ。オフクロは病院に通い、先生に何か言われると、その後で必ず家で家庭の医学書をコッソリと読んでいる。そう、つまり、**自分で自分の病をシッカリと把握し、どうするかは誰にも相談しないで自分で冷静になって決めているんだっ。**

それが、どれだけ大変なことか……。オフクロ、とにかくこれからどうするかを時間をかけて決めてくれ。福島の方にある湯治場に行ってもいいし、何だったら暖かくなるまでは沖縄とかにいたっていいんだからよ。オフクロが今までオレのことを助けてくれたぶん、オレは喜んでオフクロのことをアシストしていくからな。

オレは、絶対に諦《あきら》めんから……。

第15バカ

鉄人キャーム

ウチのバアさんには秀吉、ケンちゃんにはブカのおじさん、セージにはベッチョがいるように、実はオレにも**昔からの相棒が1人いる。**ソイツの名は**キャーム**といい、オレが小学2年の時にオレんちの真ん前に引っ越してきた。以来、一緒に小・中学校に通い、同じ暴走族に入り、そして、ある時は一緒にヤクザの見習いのようなこともやった。

が、そんなキャームのことをオレは20代前半に1度**裏切ったことがある。**

その時期、オレはプータローで、家ん中で廃人のような日々を送っているうちに誰とも会いたくなくなっていた。ところが、数年前に隣町に引っ越したキャームは、オレが居留守を使うようになってからも毎日ウチに電話をかけてきたのである。が、それでもオレは奴の電話には1度も出ず、そんな状態が半年近く続いたと思ったら、ある日を境に奴から

3年前に江の島海岸の海の家に行った時の写真。向かって1番右がキャーム。

の電話がピタリと途絶えた。

それから3週間ほど経ったある朝、ウチのオフクロが青い顔をして受話器をオレの鼻先に突き出してきた。

『おう、コーちゃん……。久しぶりだな（笑）』

電話の主はキャームで、病院の公衆電話からだった。**……奴はガンになっていた。**

慌てて病院に駆けつけると、キャームは病室でオレのことを何食わぬ顔で迎えてくれたが、その病院からの帰り道、キャームの両親と途中でバッタリと出くわして、次のようなことを知らされたのである。

キャームの膀胱《ぼうこう》に発生したガン細胞は手術で取り除けたのだが、それが**腸**

や胃にまで転移していて、担当医の話では助かる見込みは**4割にも満たない程度……**。そう、かなりヤバい状況だったのだ。

が、数日後から特濃の抗ガン剤を投与されることになったキャームは、頭髪や眉毛《まゆげ》などはアッという間にすべて抜け落ちたものの、**13カ月後には全部のガン細胞がキレイに消えてしまった**のである。そう、まさに奇跡だった……。

で、それからのキャームは週4～5回のペースでオレんちに顔を出すようになり、オレは眠気と闘いながらも、生きる喜びに弾んだ奴の言葉に明け方近くまで相づちを打ち続けたのだが、その裏ではキャームは早くも**次の一大事に見舞われていた**のである。

というのも、退院したキャームは洋服のバッタ屋を始め、知り合いの業者から借りる形で仕入れた6000万円分のポロシャツを名古屋の業者に卸したのだが、その直後、名古屋の業者が**自殺をしてしまった**のだ。そして、ポロシャツも現金も回収できず、結局は**6000万円の借金を丸々背負うことになってしまった**のである。

が、当時、奴は週に4～5回もウチに来ていたのに、そのことをオレには一言も言わなかった。そして、陰でどんな苦労をしたのかは想像もつかないが、その6000万円を**わずか1年以内に全額返済**したのである。そう、オレにとっては、それはキャームが再び起こした奇跡のようなものだったのだ。

その後、バッタ屋から足を洗い、イタリアの高級ブランドの洋服を扱うブティックを出店する時もキャームは誰にも頼らなかった。イタリア語はもちろんのこと、英語すら全然喋《しゃべ》れないのに、1人でイタリアに乗り込み、1人で現地のコーディネーターを見つけ、1人で様々な交渉事をこなした。

改めて不思議な男だと思った。慕ってくるのに、**人のことはハナからアテにしてない**のだ。

で、キャームがブティックを開いて6年目ぐらいにポロッと口にしたのが、あろうことか、奴の家はずいぶん前から大変なことになっていたのである。何が大変なのかというと、**キャームのオフクロさんが7〜8年も前からパーキンソン病という超難病にかかっていて、**しかも、その時期には親父さんに看護されて自宅で寝たきりになっていたというのだ。

んで、さすがにソレを聞いた時には「そんな重大なことを何で黙ってたんだよ!?」と問い詰めたのだが、奴は次のような答えを返してきたのである。

「人に言ったって解決することじゃねえだろ。それに、俺はコーちゃんちにはゲハゲハ笑って楽しむために来てるんだし、コーちゃんだって俺からそんなことを聞かされても暗い気持ちになるだけだべよ」

奴の精神的なタフさには筋金が入っていた。ある一時期、異常なタフさを発揮する奴はいるが、**こうもスタンダードに何食わぬ顔をしてタフに生きてる奴**をオレは他に知らなかった。

で、2005年の1月24日のこと。その日、遅い昼飯を食おうと、その準備に取り掛かろうとしたところ、ウチの電話が鳴った。電話の主はキャームだった。

多摩川の土手の上から下界を睨みつけるキャーム。グハッハッハッ、キャームは全然気づいてないけど、写真を撮った浅沼くん、ナイス！

『いや、コーちゃん。実は今日の朝、**ウチの親父が死んじゃってさ**』

「えっ…………ええっ!!」

キャームの話では今朝、脇腹が痛いと言って自分で救急車を呼んだ親父さんは、数時間後に運ばれた病院で息を引き取ったという。死因は、胆石による肝不全……。そう、キャームの親父さんはキャームのオフクロさんを自宅で10年以上にもわたって1人で看護しており、と同時に、未婚で働き盛りの息子（キャーム）にも家のことで一切負担をかけぬよう、炊事や洗濯などのすべての家事も1人でこなし続け、そして、遂《つい》に力尽きて死んでしまったのである。つまり、実質的には病死ではなく**「戦死」**だったのだ……。

キャームの親父さんの死は、オレにとっても相当ショックなことだった。小学校2年の頃からオレとキャームの家は道路を挟んで向かい同士だったため、キャームの親父さんにはイロイロ可愛がってもらったし、ウチのジジババが死んだ時、そして、ウチのオフクロが肺ガンだと判明した時も、真っ先に駆けつけてくれたのがキャームの親父さんだったのだ。

で、キャームの親父さんが亡くなった翌日、オレは隣町のキャームんちにトン汁といなり寿司《ずし》を大量に作って持ってったのだが、キャームが「まぁ、親父の顔を見てやってくれよ……」と言って親父さんの顔にかかっていた白い布をめくった途端、**オレの目から涙がバカみたいに溢《あふ》れ出し、**その際、**キャームの泣き声も生まれて初めて耳にした。**

また、悪い事というのは重なるもんで、その翌日、キャームの親父さんが亡くなったショックから殆《ほとん》ど食べ物を口に出来なくなっていたキャームのオフクロさん、その血圧が60まで下がり、今度は彼女までが病院に運び込まれる事態になったのである。さらにキャームの親父さんの葬式の翌日、再びキャームに**とてつもない試練**が待っていた。

その日、オフクロさんの担当医に呼び出されて病院に行ったところ、

「どうやら、アナタのお母さんは**肺ガンにもかかってるみたいだね**」

と宣告されたというのだ……。

で、それから5日後。キャームがオレんちにヒョッコリと顔を出して、次のような話を始めたのである。

「今日、ちょっと病院に寄ったら、オフクロが目で俺に何かを必死に訴えかけてきてよ。なんか、凄《すご》く重要なことを話したそうなんだけど、ほら、口も殆ど利けなくなっちゃってるしよぉ……。で、オフクロは右手だけがかろうじて少し動かせるから、鉛筆を持たしてな。その近くに紙をピーンと張るように広げて『頑張って、俺に伝えたいことをココに書いてくれ』って言ったら、ミミズがのたくってるような字で必死に何かを書いてんだわ」

「ひょ、ひょっとして、それって遺言みてえなもんじゃ……」

「ところが、その紙を見たら何て書いてあったと思う?」

「……いや、見当もつかないけど」

近所の駐車場でバイクの２人乗りをするキャームとオレ。つーか、何でオレは上半身が裸になってんだよっ、おい!!

「**〝ふとんがおもい〟**って書いてあってよぉ」

「えっ……プググッ！」

「グハッハッハッハッ!! なっ、笑えるべ。そんなことが気になるぐらいだから、ウチのオフクロもまだ大丈夫だと思ってよぉ。グハッハッハッハッハッ!!」

「ダ、ダメだよっ、笑い事じゃ……プハッハッハッハッハッ!! ふ、布団が重いって……プハッハッハッハッハッハッハッハッハッ!!」

「グハッハッハッハッハッ!! なっ、イッちゃってるべ。グハッハッハッハッハッハッハッハッ!!」


そう、オレにも昔からこんなカッ飛んだ相棒がいたのである。そして、コイツが、これから先の板谷家の鍵《かぎ》をガッチリと握っていたのだった……。

第16バカ

9・11と真っ黒なオカマ

オレの妹は、幼少の頃は割と活発だった。家の中には、いつも妹の屈託のない笑い声が響いていた。

が、中学校に上がった時分から好き勝手やっていたオレと弟のセージを反面教師にして、妹は**クソ真面目で、地味で、我慢強い性格**になっていた。

オレは、妹から小銭を借りては何百回とそれを踏み倒し、雨の日には自分のタバコを買いに行かせ、家の中での面倒な雑用もすべて妹に押しつけた。セージもオレ同様にグレ始めると、妹から小銭を借りては踏み倒し、都合のいい頼み事ばかりをし、妹の私物を勝手に持ち出してはソレを平気で失くしたりしていた。また、会社人間だったケンちゃんも、地味な妹に対しては大して興味も持たず、父親らしく相談に乗ってやるということも1度もなかった。

オレが中学１年の時に行った伊豆大島での家族スナップ。向かって左から、オレ、ケンちゃん、セージ、妹。
……にしても何なんだ、オレのド恥ずかしいファッションは。

その結果、オレの妹はハタチを過ぎた頃には、勤め先から帰ってきても茶の間には顔も出さずに自分の部屋に直行し、休みの日は必ず友だちや彼氏と会うために外出して、とにかく**板谷家の男連中とは極力接点を持たないよう心掛けるようになってしまった**のである。また、妹はオレたちに借りを作ることも極力避けていて、例えば外出する時に外が土砂降りの雨で、オレやセージが「駅まで車で送ってやろうか？」と言っても必ず「いや、歩くからいいよ」という答えが返ってきた。

そう、それまでオレたちから散々面倒な頼み事を押しつけられてきたせいで、借りを作ってしまうと**後で**

その何倍もの厄介な要求が自分に跳ね返ってくるのではないか……という警戒心を張り巡らせるようにもなってしまったのである。

で、そんな妹は27歳の時に結婚し、逃げるように……っていうのは言い過ぎかもしれないが、とにかくサッサと板谷家から出ていき、旦那《だんな》になった人と横浜で2人暮らしを始め、3年後には娘を出産。そして以後、妹はウチのバアさんやオフクロを喜ばせるために、2カ月に1度ぐらいの割合で娘を連れて板谷家を訪れるようになったのだが、そうなったらそうなったで案の定、バアさんやケンちゃんのトンチンカンぶりが炸裂《さくれつ》。

生後3カ月の妹の娘に、**げんこつセンベイのカケラを食べさせようとして**妹に本気で手をハタかれるケンちゃん。

中身をくり抜いたパイナップルの皮で出来た変テコなヘルメット、それを妹の娘にかぶせて何故か涙ぐんでるバアさん。

妹の娘を無断で連れ出し、**日テレの木原さんの天気予報に飛び入り出演しようとしたが、**その日は外での収録がなくてスゴスゴと帰ってくるセージ。

妹の娘を乳母車に乗せて**20キロ以上の散歩をし、**思いっきり風邪をひかせているケンちゃん。

……といった事態が次々と発生し、妹は実家であるウチに来ても一瞬たりとも気が抜けない始末だった。にしても、自分の娘には大した関心もなかったくせに、ケンちゃんの孫の可愛がり方は普通じゃなかった。

今でもハッキリ覚えている。あれは2001年の9月11日のことだった。そう、同日はイスラムのテロ組織「アルカイダ」のメンバーが、ニューヨークの世界貿易センタービルにハイジャックした飛行機を突っ込ませた、あの日である。

その晩、ウチの家族は1歳になった娘を連れて遊びに来ていた妹とともにTV画面の前に釘付《くぎづ》けになっていた。飛行機に突っ込まれ、モクモクと黒煙を上げるニューヨークの世界貿易センタービル。10分ほど前から突然TV画面に映し出された、そんな特撮シーンさながらの緊急映像にウチの面々も言葉を失っていた。

「ただいまぁ〜っと！」

そんな時に、昼過ぎから出掛けていた友人宅より帰ってくるケンちゃん。そして、茶の間にいる妹の娘の姿を発見したケンちゃんは、

「おっ、来てたのかぁ〜、おチビちゃん！」

と、満面の笑みを浮かべ、次の瞬間には妹の娘を喜びいさんで抱きかかえていた。

「……ん？」

しばらくして、ようやくオレたちの視線がTV画面に釘付けになっていることに気がつくケンちゃん。そして、妹の娘を抱きかかえたまま惨状を映し出しているTV画面に目をやった2秒後、**再び何事もなかったかのように妹の娘をあやし始めたのである。**

つーか、お前さんは、それで天下の一大事を消化しちゃったんかいいいっ!?

で、その後もオレの妹は娘を連れて定期的にウチに顔を出していたのだが、ある日、妹がウチに来たらオレの代わりにキャームが居間でくつろいでいたという。

「いらっしゃい♥」

家族でもない男に、そう言って迎えられた妹は少々戸惑ったものの、キャームは以前からしょっちゅうウチに出入りしてたので、変に気にも留めなかったとのこと。ちなみにオレはその日、ドコにいたかというと、実は**2週間前からミャンマーに取材**に行っていて、ちょうどこの日は日本に帰ってくる日だったのである。

つーか、何でオレがいないのにキャームがウチに来てるのかというと、そこには大きな理由があったのである。てか、前々から、このキャームという男は、**オレが車を買おうとすると必ず代わりに値切ってくれる**のだ。しかも、その値切り方というのがハンパでなく、まず、奴はオレが買いたい車を決めても「へぇ~、そんなのが欲しいんだ」と別に気にしてないような態度を取る。が、キャームの中では、その時点ですでにスイッチが入り、以後、連日のように関東地方に散らばっている、その車種の**全ディーラーに電話を入れる**の

数年前の夏、江の島海岸にある海の家で、なぜか人形の絵付けをするキャーム。

だ。そして、その車の値引きをいくらぐらいまでしてくれるのかをストレートに尋ねるのである。

で、数日後、その中の1つに当たりをつけると、とにかく、その電話で話した営業マンに会いに、そのディーラーに1人で向かうのである。そして、その時にさらに車の価格を値切り、担当の営業マンがそれに応じなければ、「じゃあ、また来ますわ……」と言って、**あえて帰ってきてしまうのだ。**すると3～4日後には、その営業マンも車を売りたいからキャームに電話を入れる。

で、こうなるともう決まったようなもので、結局その営業マンは今度は逆にキャームの家や店にやって来て、**本来なら15万円ぐらいしか値引きをしないところを30～50万円も引いてくれる**らしいのだ。そして、最後にキャームの、この一言が炸裂することになる。

「わかりましたっ。じゃあ、その値段でいいですわ。**でも、この車を実際に買うのはボク**

じゃないんだけどね」

この一言を浴びせられると、大抵の営業マンは目を見開き、口をアングリと開け、4〜5秒後に「えっ……!?」と、もう1度訊《き》き返してくるという。そう、**意味がわからないのだ。**

ちなみに、オレはいつも、こうして乗りたい車を40〜50万円引きで買っているので、その度にキャームに20万円ぐらいは渡そうとするのだが、奴は決して受け取ろうとしないのである。そう、この男の求めてるものはお金ではなく、**そういう熱い営業マンたちと折衝すること**なのである。そして、トドメの「でも、この車を実際に買うのはボクじゃないんだけどね」という一言を言っている時に、気持ちよくて**思わずイキそうになる**というのだ。

で、話を戻すと、そのオレがミャンマーから帰ってくる日の夕刻に、オレんちに小型の外車に乗った見知らぬ男が現れた。そして、オレの妹の話だと、その見知らぬ男とキャームがウチの庭で話し始め、1時間ぐらいしてからオレが帰ってきたという。

オレも、その時のことは、よく覚えている。成田空港からリムジンバスで立川駅。そして、その立川駅から大きなリュックを背負って自宅の庭に帰ってくると、そこで見知らぬオッサンとキャームが話をしていたのである。

「おお、キャーム、来てたのか」

オレは真っ先に、そう声をかけた。ところが、当のキャームは何も答えず、その代わりに右手の先で小さく〝わかった、わかった〟といった合図を繰り出してきた後、再びオッサンとの会話に戻ったのである。

「そうっスかぁ、下取りも入れて新車で70万円引きか……。それ以上はホントに安くならないんスね？」

「っていうか、これ以上値引いたら、**私はホントに会社をクビになっちゃいますから**」

（あっ、この人って……）

そのやり取りを聞いただけで、そのオッサンの正体に見当がついた。実は、ミャンマーに行く少し前、オレはキャームに「もう1台、オフクロを買い物に連れていけるようなコンパクトな車が欲しいんだけどなぁ～」という話をしたのだ。しかし、人が留守をしている間に、その車の営業マンとココまで話を進めていたとは……。

「わかりましたっ。じゃあ、全部で210万円でいいんスね」

「……はい、それで結構です」

「で、ビックリしないで欲しいんスけど……」

そこまで言うと、近くにいたオレの背中を押して、そのオッサンの前に立たせるキャーム。

「実は、車を買うのって彼なんですわ」

「えっ……ええええええっ!!」

家の中で水道の蛇口が付いたパンツをはくケンちゃん。頼む、そろそろ死んでくれ……。

そんな一言を吐きながら、オレを見て固まりはじめるオッサン。当たり前である。数週間の間に何度も交渉をしてきた男に代わって、突然現れたオレが車を買う当人だというだけでも驚くべきところなのだ。しかも、その時のオレの格好といったら、肌はミャンマーの42度にも及ぶ熱波に焼かれて、**10月だというのに真っ黒**になっていて、もう1つオマケに白いシャツの下にはミャンマー人の代表的な服装の**スカートをはいていた**のだ。つまり、そのオッサンにとってはオレがナニ人なのかもわからず、しかも、**女装の趣味まで持っている**と思ったに違いないのだ。

「やっぱり私、お兄ちゃんのことがわからないわ」

営業マンとキャームが帰った後、自分の娘を抱きながら、そんなことを言ってくる妹。

つーか、妹。**オレだってわかんねえよ……**。

第17バカ

やっぱし、りべんじセージ

2005年の夏のこと。

その夏、セージ夫婦とベッチョの3人は、土・日を利用して長野県は軽井沢にあるコテージにテニスをしにいった。そして、その1泊旅行から帰ってきたセージ、奴からこんな報告があったのである。

土曜の午前中に軽井沢に着いたセージたちは、昼からコテージのコートを借りてテニスを開始。その後、コテージで早目の夕飯を食べ、軽井沢銀座に出陣。ちなみに、軽井沢銀座とは、同地にある巨大な商店街で、特に夏場はジャムやゼリー等を売る店の他にもレストランや喫茶店なども軒を連ねているのである。

で、セージらは、その軽井沢銀座の中にあるコインパーキングに車を停めた後、同商店街を暫《しばら》く歩いていると、喫茶店とバーが一緒になったような店があり、とりあえずソコに

現在も駄菓子が主食のセージ。この前も『都こんぶ』をご飯の上に載せて食べてた……。

入って少し休むことにした。と、店内は予想していたより暗く、前の方の席で変なオッサンがギターを弾きながら歌を唱《うた》っていたというのだ。そう、要するに、ミニコンサートが開かれていたのである。

　で、3人はとりあえず席に座り、それぞれ生ビールを1杯ずつ頼んで他の7~8人の客と一緒に、そのカントリーミュージックらしき曲を聴いていたのだが、とにかく**その音楽が退屈だったらしい。**そして、入店15分後ぐらいに店長らしき店員を呼び、帰るから精算してくれと言ったら、**まだコンサートの途中だから帰っちゃダメ**とのこと。

　で、しょうがなしに、もう30分ぐらいガマンして聴いていたのだが、遂《つい》に耐えられなくなったセージは、再び店長らしき男を呼んで精算してもらおうとしたところ、

「だからっ、まだコンサートが終わってないからダメだって」

「冗談じゃねえっ、俺たちは帰るんだよおおおっ!!」

50代ぐらいの店長、彼に向かって爆発するセージの怒り。

結局、それ以上店の中で騒がれたくなかった店長は、精算することを渋々OKしたのだが、

「えっ、俺たちって3人で生ビールを1杯ずつしか飲んでねえのにっ、**何で4500円も取られるんだよっ!?**」

「生ビールが1杯500円。それから、**ライヴ代が1人1000円**だから全部で4500円。……おわかり?」

「おわかり、じゃねえよっ、バカ野郎! ライヴだか何だか知らねえけどっ、そんなもんはこの店が勝手にやってることで、俺たちはビタ一文聴く気もなかったっつ――のっ!!」

続いて爆発するベッチョ。

「でも、この店の入り口には、ちゃんと『PM6時30分~8時30分まで生ライヴ開催中』って札が出てんだから払ってもらうよっ、ライヴ代も!!」

「くっ……くぅの野郎~~っ…………」

で、結局4500円を払わされたセージたちは、その後、コテージに戻って買ってきたビールを飲み始めたのだが、アルコールが回るにつれ燻《くすぶ》っていた怒りが再燃。

「あのジジイ……。おしっ、**今から奴をブン殴りに行こうぜっ!!** やっぱり許せんわっ、

あの野郎！」

　そう言って、部屋のテーブルから立ち上がるセージ。と……、

「まぁ、座れよ……。今日は、もう遅いし明日行こうぜ。**俺にイイ考えがあるからさぁ**」

　そう言うと、ビールを飲みながらも怪しく笑うベッチョ。

（こ、こんなに冷静に怒ってるベッチョって何年ぶりだよ、おい……）

　その時のセージは、そう感じて一気に酔いが覚めたという。

　で、翌日。午前11時にコテージをチェックアウトしたセージたちは、そのまま車に乗って軽井沢銀座に出陣。そして、昨夜《ゆうべ》と同じコインパーキングに車を停め、ゆっくりと歩きながら例の喫茶＆バーの店へ。
「はいっ、いらっしゃ………」
　セージらの顔を確認するなり、ピタリと止まる店長の言葉。そして、その顔面には（コイツら、何で今日も来たんだよっ？）というセリフが張り付いていた。
　ちなみに、その日は昼間ということもあり、もちろんライヴはやっておらず、店内は昨夜と比べるとウソのように明るく、昼飯を食べる客も20人以上は入っていたとのこと。で、

テーブルの1つに座ったセージたちは、女の店員に飲み物をオーダー。そして、それが済むと、ようやくセージがレジのところに立っている店長に声をかけたのである。

「なぁ、早くコンサートをやってくれよ。今日は、わざわざ聴きに来たんだからよぉ」

「あ、あれは金曜と土曜の晩だけで、それ以外は開催されてないんだよっ」

セージの言葉をぎこちなく受け流す店長。すると……、

川の上で腕立てをするセージ。そして、それを橋の上から応援するミカ。……何ひとつわかりません。

橋の上で突然セージとミカがマジ喧嘩を始め、反射的にカメラマンの浅沼くんがキャッチ！
つーか、コレって殺人事件の写真だぞ、おい……。

「じゃあ、今日はボクちゃんが唱わしてもらうよっ」

そう言って立ち上がったかと思うと、昨夜オッサンがカントリーを唱っていた席の方に歩を進めるベッチョ。そして、その近くでマイクを見つけると、その電源を入れて大きな声で喋《しゃべ》りだしたのである。

「はぁ〜いっ、それじゃあ今からボクちゃんがコンサートをやりまぁ〜す！」

「おっ……おい！」

それを止めようとする店長。が、ベッチョの歌声に〝待った！〟は利かなかった。

「はいっ、チャカポコ、チャカポコ、チャカポコ、チャカポコ、チャカポコチャ！　**村の畑でチャカポコチャ！　畑の隣でチャカポコチャ！　隣の便所でチャカポコチャ！**　はいっ、チャカポコ、チャカポコ、チャカポコ、チャカポコチャ！」

その後も、とにかく続くベッチョの歌。そう、**困ったら、とにかくチャカポコを入れて次の歌詞を考えつくまでの時間稼ぎをすればいい**のである。

で、ベッチョの歌が始まった当初は、店内の客も**あまりにバカらしくて受けていた**のだが、5分も過ぎるとベッチョの歌にも完璧《かんぺき》に飽き、アッという間に約10名の客が退店。そして、遂に堪え切れなくなった店長がベッチョの許《もと》へ。

「おいっ、止めてくれよ！」

「何で止めるの、チャカポコチャ♪」

「……お、お客が、どんどん帰ってんじゃねえかっ」

と、ここで店長の背後からセージも登場。

「何を言ってる、チャカポコチャ♪　昨夜の俺たち帰れずに、しかも、コンサート代までチャカポコチャ♪　説明してくれ、チャカポコチャ♪」

「だ、だから、昨夜はプロのっ……」

ベッチョ「俺たちもプロだ、チャカポコチャ♪」
セージ「各地で唱ってる、チャカポコチャ♪」
ベッチョ**「女はいつも総立ちで、アンコールだってチャカポコチャ♪」**
セージ**「だけど俺たちノーギャラで、交通費だってチャカポコチャ♪」**
ベッチョ「チャカポコ、チャカポコ、チャカポコチャ♪」
セージ「チャカポコ、チャカポコ、チャカポコチャ♪」
ベッチョ「死ぬまで唱うぜ、チャカポコチャ♪」
セージ「俺たち……ププッ！　俺たちゃ……**ブハッハッハッハッハッハッハッハッハッハッ‼**」

歌の途中で突然、本気で笑い始めるセージ。何で笑い始めたのかというと、いつの間にかセージの嫁のミカが、セージとベッチョの真後ろで音楽に合わせて変なステップで踊り始めてたって……グハッハッハッハッ、そりゃ笑うよなっ。グハッハッハッハッハッハッハッハッハッハッハッ‼

で、結局その店の店長は、セージたちがその時に頼んだジュース代をすべてタダにし、しかも、昨夜の3000円も返してくれたのでセージとベッチョは唱うのを止めたという。

つーことで、セージとベッチョは、**もう38歳なのに相変わらずこんな感じっス……。**

第18バカ

その後の板谷家VS伊藤家

以前、オレは板谷家にもライバル一家が存在する、ということを書いた。そう、その一家とは同じ町内の、しかも、我が家から300メートルぐらいしか離れてない伊藤家（仮名）である。

とにかく、この伊藤家の面々というのが、また**凄《すご》いラインナップ**なのだ。

まずは、**チャボ**と呼ばれているひいバアさんがいて、2000年の時点で年齢は満100歳。その上、**白髪の超ロン毛**で、夜でも家の前にボーッと立ってることが多いので、その前を通り掛かったドライバーが幽霊かと思ってハンドルを切り損ね、近くの電信柱に車を激突させるという事故が**5年の間に4件**も発生していた。

それから、**一代目**と呼ばれているジイさんは、町内中の空き缶を連日拾い集め、ソレらをスクラップ屋まで持っていってお金に換えている。が、数年前の春、その貯金を**孫に勝**

手に下ろされてバイクを買われてしまったショックから、それ以降は家の中でジッとしているらしい。

で、**紅一点**と呼ばれているお父さんは、伊藤家の中では唯一まともな存在だが、その一方で**「昔、中学校の教師をしていたが、お座敷小唄《こうた》を唱《うた》えなかった生徒をブン殴って新聞沙汰《ざた》になった」**という黒い噂がある。

そんで、**二代目**と呼ばれているお母さんは、ジイさんの空き缶拾いを引き継いでいるが凄《すご》いパワーの持ち主で、**大きなビニール袋7つぐらいに詰まった缶を自転車で一気にスクラップ屋に運んでしまう**らしい。

それから、38歳（2000年当時）にもなるのに未《いま》だに髪型が全盛期の『横浜銀蝿』のようなリーゼントをしていることから、そのまま**リーゼント**と呼ばれている長男は、ラブラドールレトリバーを毎日散歩させているが糞《ふん》の始末をまったくしないとのこと。また、時折ジイさんの貯金を下ろして購入したバイクのシートに竹ボウキをくりつけ、どこかに出かけているらしい。

で、最後は**モッサ**と呼ばれているセージの中学時代の同級生で、この長女は何でそんな呼ばれ方をしているのかというと、中学の時の体育の授業でラジオ体操をしている際、教師の「イッチ、ニー！」という掛け声の後に、「モッサ、モッサ」という音が小さくひびいていたらしく、**その発生元が彼女の伸び放題になっているワキ毛**であることが判明した時

自分のカツラ＆マスクコレクションを自慢そうに並べるケンちゃん。

から、そう呼ばれ始めたらしい。また、自宅の2階まで届くサボテンを育てており、冬になるとソレに洋服を着せているとのこと。

……とまぁ、以上のような6名で構成されていたのである。

で、2000年の8月20日。ウチの飼い犬のスキッパーをケンちゃんが河原で散歩させていたところ、リーゼントが連れていたラブラドールレトリバーがいきなり噛《か》みついてきて、しかも、リーゼント自身も2回ほどスキッパーを蹴飛《けと》ばしたとのこと。

んで、そのちょうど1週間後、町内の盆踊り大会が開かれている小さな公園で板谷家の面々と伊藤家の面々が偶然にも顔を合わせると、セージがリーゼントのひさしを鷲摑《わしづか》みにして、奴の顔面に右ヒザをお見舞い。そして、ベッチョも加わって2人で倒れてるリーゼントに蹴りを入れていたので、慌ててその間に入るオレとブカのおじさん。が、いきなり二代目に**「ラッパ殺し!」**という言葉を浴びせられたオレが、「だから何なんだよっ、ラッパ殺しって!?」と熱くなりかけたところ、モッサが**「ああああ〜〜〜んっ、凶暴なメダカが良いメダカを食べちゃうよおおおお〜〜〜っ!!」**と絶叫を

かと思ったら突然、大好きなマスクをかぶって気取り始める同人物。……えっ、何で? つーか、そろそろ理解してくださいよっ、そんなことをボキに訊いたってわからないということを!!

開始。しかも、その直後にベッチョが一代目に殴られ、結局はほぼ全員が入り乱れての取っ組み合いに。

で、それ以後、板谷家と伊藤家のバトルは空中戦に入り、ある日はウチの庭先に犬の糞《くそ》がテンコ盛りになっていたかと思えば、その2日後にはモッサが育てているサボテンの幹をセージが高枝切りバサミで真っ二つにカットしたり……ってな小競り合いが約2週間続いた後、**事態はようやく沈静化**したのである。

で、それから4年経った2004年の4月11日。

その日、セージが嫁のミカを連れてウチの近所にあるファミレス、そこで昼メシを食べていたところナント、**隣のテーブルにモッサが座ってきた**というのだ。で、当然ケンカになると思いきや、モッサが普通の感じで喋《しゃべ》りかけてきて、それによると伊藤家では、この4年の間に**チャボと一代目が死亡**し、おまけに長男の**リーゼントも2年前に家を出てから行方が知れない**とのこと。

「へぇ～っ、6人中3人もいなくなっちゃったんだぁ」

セージはそう言った後、ウチもバアさんと親父の弟のブカのおじさんが死んだことを伝えたらしい。で、ここまで仲良く喋ったのなら最後まで楽しく会話を交わしてればいいものを、セージが**「じゃあ、あと2年ぐらいしたら、お前んちは全滅するんじゃねえの（笑）」**と言った途端、モッサの態度が**豹変《ひょうへん》**。いきなり初対面のセージの嫁の悪口を言ったかと思うと、最後は**「ウチがそうなったら、貴様んちも道連れにしてやるからなぁぁぁっ‼」**と絶叫してファミレスを後にしたらしい。

で、その翌日の月曜日の早朝。セージが会社に行くために自分の車に乗ろうとしたところ、**その屋根の上に載ってるモルモット3匹の死骸《しがい》……**。

んで、完璧《かんぺき》に頭にきたセージは、その晩にモッサが新たに庭に植えたサボテン、その幹を**4年前と同じく真っ二つにカット**。すると、その翌朝のことである。オレが友だちのキャームと自宅の茶の間で徹夜でバカ話をしていたところ、急に外から怒鳴り合う声が聞こえてきた。時計を見ると朝の6時10分。もちろん、オレとキャームは慌てて外へ出てみると……、

「ウチの娘はっ、サボテンの幹を伐《き》られたのは今回で3度目でっ、さっきからズーッと泣いてばかしいるからっ、ヌシの車もこれで切らせろおおおっ‼」

「ざけんじゃねえっ、止めろよおおおっ、このクソババア‼」

庭先の光景を目にした途端、そのあまりの激しさに呆然《ぼうぜん》となるオレ。

大きな裁ちバサミを持った二代目、彼女がセージの車にソレで切りかかろうとしている

ところをセージが必死で止めていたのである……。そして、さらに数秒後のことだった。

「おメーは何をやってんじゃあああぁ〜〜っ!!」

突然、そんな叫び声が背後から聞こえてきたかと思うと、ケンちゃんがオレの真横を走り過ぎてゆき、そのまま二代目にドロップキックを発射！

「なっ……何すんじゃあああっ、このドンボグレがあああっ!!」

ふっ飛ばされながらも、すぐに上半身を起こしてケンちゃんに文句を言う二代目。

「いっ……いい大人が、もう止めろよっ!!」

遅まきながら、そこでようやくケンちゃんと二代目の間に入るオレ。すると……、

「うるさいっ、このラッパ殺ししししっ!!」

間髪をいれず、オレにそんな文句を浴びせてくる二代目。

「だからっ、そのラッパ殺しって何なんだよおおおっ!?」

「昔、ウチの近所に学校の用務員が住んでて、朝8時になると必ずラッパを吹いてた。が、ある日、その用務員が殺されてっ……だからっ、ヌシがラッパ殺しだあああっ!!」

「………はぁ?」

気がつくと、そんな言葉が自然と出ていた。そう、**まったく訳がわからない**のである。

「おうっ、クソババア。こんなバカっ早い時間に人んちの庭に乱入してきてっ、訳のわからねえことをコイてんじゃねえぞっ、ぐぉらあああっ!!」

変テコリンな歌を口ずさみながら、大好きなキムチ鍋を食べるセージ。

　まだ地面に両ヒザをついてる二代目に対して、今度はキャームの口から文句が炸裂《さくれつ》。

「何じゃ、お前はっ!?」

「ウチの長男、その友だちの洋服屋だよっ！」

　なぜかキャームの代わりに答えるケンちゃん。

「何じゃいっ、ただの服屋がっ……」

　二代目が、そこまで言い掛けた時だった。突然、キャームの言葉がソレを止めたかと思うと、続いて**奴の超毒舌**が炸裂し始めていた。

「うっせー、このゲロババア!!　テメーがドコのゲロだか知らねえけどなっ、とにかくそんなバカでっけえハサミを持って人んちの庭に入ってきてっ、このセージを刺し殺そうとしたんだからっ、**それなりの懲役は覚悟しろよなあああっ、**このダニのゲロ野郎がっ!!」

「さ、刺し殺そうなんて……」

「刺し殺そうとしてただろうがっ!! コッチには目撃者だって3人もいるんだよっ！ とにかく、今から警察を呼ぶから待ってろよっ、このゲロババアがあああっ!!」

と、キャームがそこまで言った時だった。

「うっ……うっ……うごっきぐぅあああああああ〜〜〜〜っ!!」

突然、そんな雄《お》叫《たけ》びを上げたかと思うと、ムックリと地面から起き上がり、そして、表の道路の方へ逃走していく二代目。

「ウハッハッハッハッ!! あのババア、逃げてっちゃったよっ。ウハッハッハッハッハッハッ!!」

勝ち誇ったように、辺りに響きわたるキャームの笑い声。

ところが、その翌朝のこと。ウチの庭先に、今度は**メッタ截《ぎ》りにされた小汚いブラウスが散乱**していたのである……。

「これは多分、キャームく

が、ご飯でなく、パンやポテトチップスと食べるのがセージ流。みんなも真似してみな、２週間ぐらいで体をブッ壊すよ。

んに対する嫌がらせのために二代目がやったことだな……」

そのブラウスの一切れを摘《つま》み上げながら、そんなことを言うセージ。

「キャームに対する嫌がらせって……つーか、洋服屋をやってるからって自分の服を截ったって、キャームは痛くもかゆくもないと思うんだけど……」

つーことで、その件に対しては無視をしていたところ、それ以降は現在に至るまで伊藤家からは何も飛んできてないのである。つーか、もしかして伊藤家って今ごろは**全滅……**

いや、そりゃあねえか。


でも、もう一生、ウチと関わらないで下さいっ。お願いします！

第19バカ

さよなら、スキッパー

オレが19の時、友だちからシェトランド・シープドッグの赤ちゃんを1匹譲ってもらい、その犬に「ラッキー」という名前を付けた。ところが、僅《わず》か3年後に、その犬はウチの前の道路で交通事故に遭って死亡。そう、ウチの死んだジイさんが言った通り、**ラッキーじゃなくてアンラッキーだった**のである。

で、それからは生き物を飼うのはもういい、ということになって長年の間、何も飼わなかった。ところが、ラッキーが死んでから9年目の1995年、今度は**ボルゾイ**という**超大型犬種**を飼うことになったのである。

今でもハッキリ覚えている。

長野県にある「ボルゾイ牧場」という施設、そこにボルゾイの子犬を見に行った時のこと。その施設の扉を開けて中に入ると、アッという間に5〜6匹の体長1メートル50セン

生後4カ月目のスキッパー。体長は既に40センチ以上。この頃は、ホントに可愛かった。

チ前後のボルゾイ犬に囲まれてしまうオレ。もちろん、この5〜6匹に一斉に飛びかかられたら、いくらデブのオレでもひとたまりもなかった。

「大丈夫、この犬たちは大きいけれどホントに大人しいから」

そんな言葉を掛けてきながら、そのボルゾイの中の1匹の頭をゴシゴシと撫《な》でるブリーダーのオッさん。が、そのオッさんの右手首には、**まるで熊にでも襲われたような痕《あと》**が……。

「あの〜、そ……その傷は？」

オレは、思いきって尋ねてみることにした。すると……、

「ああ、これは昔、ボルゾイ同士が盛っちゃってさ。で、絡んでいるのを無理矢理離そうとしたら、**雄のボルゾイ**

に噛《か》みつかれちゃってね。まぁ、全然大したことないよ、アハッハッハッハッ！」

って、全然大したことだっつーーのっ!!

とまぁ、ビビりながらも、その施設にいた生後3カ月の雄のボルゾイを譲ってもらうことになり、「スキッパー」という名前を付けてやった。ところが、このロシアの地犬とコリーを掛け合わせたと言われる犬は、**1日に1センチずつ大きくなり、**生後7カ月目ぐらいで体長が1メートル30センチ以上にまでなってしまったのである。しかも、この犬は超馬ヅラなので、少し離れたところから見ると**巨大なヤギ**に見え、要するに人目をかなり引くのだ。が、性格はというと必要以上に人にベタベタしないし、1日に1～2回ぐらいしか吠《ほ》えず、基本的にはホントに大人しいのである。

で、そんな性質を見たケンちゃんは、これ幸いとスキッパーを毎日散歩させるようになった。そう、ケンちゃんにそういう習慣がついたのはスキッパーが可愛かったというのも多少はあるが、その真の理由は、この犬を連れて歩いていると**女学生からオバちゃんまで、イロイロな人に話しかけられるから**なのだ。つまり、珍しい犬種なので、「わ～～っ、面白い犬うっ～！」といった声を掛けられるのである。そして、スキッパーの代わりに、そんな声掛けにケンちゃんが答え、最後も犬の代わりに女のコたちに〝**お手**〟**をしたりして**笑いを取っていくのだ。そう、とにかく、このオッさんは自分をアピールできるものだったら何だって使うのである。

で、スキッパーを飼ってから9年後の、2004年10月16日。その朝、オレは連日の睡眠不足&風邪をコジらせてヘロヘロになって寝ていた。と、そこに突然ケンちゃんが来て、こんなことを言うのである。

「おいっ、今、スキッパーを散歩させてたら、急に後ろの左脚がオカしくなっちゃってよっ。とっ、とにかく病院に連れてくから起きろよっ、おい!!」

が、オレは眠くて目が開かなかったので、

「るせえなっ、病院ぐらい1人で連れていきゃあいいだろっ！　とにかくっ、寝かせてくれよおおおっ!!」

と言って布団をかぶってしまったのである。

今考えると、コレがイケなかった。そう、この時は、どんなことがあっても起きるべきだったのだ。

ケンちゃんは予想通り、近所にあるNという動物病院にスキッパーを連れていった。そして、診察の結果、スキッパーの**後ろの左脚の骨がド真ん中からポッキリと折れていて、**そのまま入院となってしまったのである。

ちなみに、このNは交通事故に遭ったラッキーが死んだ病院で、それ以後もスキッパーが満1歳になった頃に、シャックリが続いて食欲がガタンと落ちたので連れていったことがある。で、その時は**心臓が悪い**と言われ、診察料&検査料&4種類の薬代で計1万9600円を払ったのである。そして、その翌日から薬を飲ませ続けたが症状は一向に良くならず、そんな時にオフクロ方の祖母がウチに遊びに来た際、スキッパーを見て**「人間の胃薬を飲ませてみろ」**と言うのでその通りにしたら、**翌日にはピタリとシャックリが止まり、オレの3倍食うようになった**のだ。……つまり、Nとは、そんな病院だったのである。

で、その後、オレもイロイロ調べた結果、府中市の東京農工大学の中にある動物医療センターが優良な動物病院だということがわかり、スキッパーに何かあったら今後は迷わずソコに連れていこうということになった。と

ケンちゃんとの散歩から帰ってきたスキッパー。立つと1メートル80センチ以上あった。

ところが、ケンちゃんは、またしてもN病院にスキッパーを連れてゆき、しかも、入院させてしまったのである……。

が、オレは何の文句も言えなかった。そう、あの朝、起きられなかった自分が悪かったのだ。

スキッパーが入院した2日後の10月18日、N病院から電話が掛かってきた。それによると、スキッパーの体が大き過ぎるため脚の骨の中に打ち込むボルトのサイズがわからないが、もう2日ぐらいしたらギプスが作れると思うとのこと。そして、そのギプス代と入院費で大体15万円ぐらいはかかるという。

ところが、実際にはスキッパーは3週間近く入院することになり、**医療費も結局は40万円**になってしまったのである。しかも、スキッパーを家まで運んで体をよく見たら、**脚を折ったストレスから体のアチコチを自分で噛んでいて、**そこには**絆創膏《ばんそうこう》のようなものが大ざっぱに貼られているだけ**だった。

体の芯《しん》に近いところが、怒りと後悔で震えていた。

スキッパーのような超大型犬の寿命というのは、ほぼ10年。つまり、奴が元気でも、あと半年もすれば死んでしまう確率が高いのだ。**その最後の半年に、こんなにツラい思いをさせてしまうとは……。**それもこれも、やっぱり、あの朝に自分が起きられなかったことが原因だったのだ。

そして、退院3日目のこと。結局、スキッパーは骨が折れたところをボルトで固定したにもかかわらず、自分だけでは立ち上がれず、また、外はバカ寒かったので家の中で飼うことになった。家の中でのスキッパーは、ズーッと寝たっきりで、1日に2度ほど起き上がろうとするので体を持ち上げてやると、オレにその折れた方の脚を持たれながら玄関まで歩いていく。そして、ドアを開けると外に出て、そこで便をして再びオレに半分担がれながら家に入る、という生活だった。

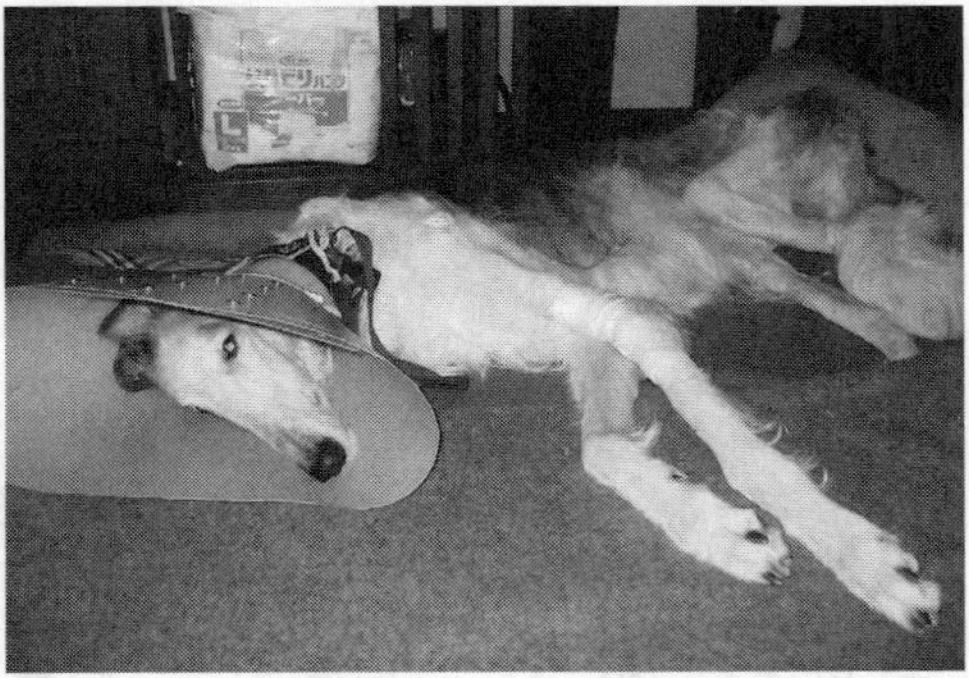

ラスト1カ月間のスキッパーは、大体こんな感じ。後ろ脚だけでなく、前脚も噛んだ傷用の包帯を巻いていた。

が、それでもスキッパーは日に日に元気がなくなってきたので、11月の後半からは離れの部屋になっているケンちゃんの仕事場に移し、そこで1日中ストーブを焚《た》き、ウンコや小便も部屋の中でしたのを後で片付けてやることにした。

そんなある日、その日もスキッパーの糞《ふん》を始末するためにケンちゃんの仕事場に入ったところ、横になっているスキッパーの脇に**変**

な雑種の中型犬が部屋の机に綱でつながれて困ったような顔をしていたのである。で、オレは意味がわからず暫《しばら》く呆然《ぼうぜん》としていたところ、セージがやってきて次のようなことを言った。

「あっ、これはベッチョんちの犬なんだけどさ。ほらっ、スキッパーって今まで誰ともSEXしてないから、最後ぐらいはイイ思いをさせてやろうと思って、ちょっと借りてきたんだけどね」

つーか、セージ……。スキッパーは人間でいえば、もう80歳近くで、**そんな老犬がSEXをしたがるかっつーーのっ!!**　しかも、このベッチョんちの犬って、**しっかりとチンコが付いてんじゃねえかよおおおっ!!**　バキャアアア!!

で、2004年12月3日の午後3時、スキッパーは遂《つい》に他界。最後は血便を出していて、オレとケンちゃんでソレを拭《ふ》き、キレイな毛布でスキッパーの体を包んでやった。

その晩、ウチの家族は立川の駅ビルの中にある食堂でメシを食った。食いながらも皆でスキッパーのことを話してると、オフクロが泣き出し、それにつられてセージも泣いていた。

なぁ、スキッパー。もう1度言うけど、**最後にキレイに死なせてやれなくてゴメンな……。**

第20バカ

マザーコンプレックス

その日、新しい抗ガン剤投与のために再び入院したオフクロ、彼女を見舞うためにオレは市内の病院を訪れていた。

「あら……仕事は大丈夫なの？」

「大丈夫だよ。にしてもオフクロ、今日はバカに顔色がいいんじゃねえか？」

その日、ウチのオフクロは割と体調が良くて、オレたちは病室で2〜3言話した後、その病院の最上階にあるサ店に入ることにした。そして、オフクロはレモンティーを半分ぐらい飲み、9階の窓から立川駅周辺の風景に目をやりながら、こうつぶやいたのである。

「人生っていうのは、辛《つら》いことや悲しいことも相当あるけどさ。**それでも基本的にはイイもんで、**人っていうのは家族や友だちなんかと食べたり笑ったり励まし合ったりして、最後は土に還《かえ》っていく……。そういうもんだよね（笑）」

オレ（１番右）が小４の頃の兄弟スナップ。手前の向かって左の女の子が妹で、その隣が弟のセージ。どうでもいいけどオレってこの頃は、まだ痩せてたべ（笑）。

オレはその時、**不覚にも真っ昼間だというのに泣きそうになった。**

オフクロは現在、ガンの再発という、かなりシビアで苦しい状況にあるのだ。その上、彼女は少し前までウチの近所にある老人ホームに30年近く勤めていて、自分が養護してきた老人たちが毎月のように死んだり、老いるということの残酷さを嫌というほど目の当たりにし続けてきたにもかかわらず、人生はイイもんだと言うのである。

「あっ、ココにいたのかぁ～！　何だよっ、２人してジュースなんか飲んじゃってさ」

突然、オレたちが座っていたテーブルの前に現れるセージ。

「お前、今の時間は仕事だろっ? どうしたんだいっ」

「いや、今日は早引きしてきた」

オフクロの質問に簡単に答えるセージ。

「早引きって……」

「いいんですよっ、ヨッちゃん。今の営業所ではオレが1番偉いんだから。とりあえず、もっと詰めてっ、ほら!」

そう言うとオフクロの隣のイスに腰を下ろし、彼女とホントに楽しそうに喋《しゃべ》り始めるセージ。そしてオレは、そんな2人のことを見ながら**あること**を思い出していた。

オレが小学4年生の頃、ウチに野田さん(仮名)という40代後半のオッサンがちょくちょく顔を出すようになった。
野田さんは造園業を営んでいるらしく、ある日、フラフラっとウチの庭に入ってきて、当時生えていた樫《かし》の古木を「枝の広がり方がいいなぁ……」と褒めてから、**週に1~2度のペースでウチに顔を出すようになった。**ま、顔を出すといっても家に上がり込んでくるわけではなく、ただ庭にフラリと入ってきては各木々を観察したり、時には「これはコッ

チに植えた方が、よく育つ」と言って木の場所を移し替えたりしてくれて、ウチのオフクロが入れた日本茶をすするとふらりと帰っていくのである。で、そのうち野田さんはウチのケンちゃんとも仲良くなり、日曜日に2人で河原に石を拾いに行ったり、また、オレにも時々近所の店で菓子などを買ってくれるようになった。

オレは、そんな無口で淡々としている野田さんのことが好きになった。そして、ウチの両親はもちろんのこと、ジイさんやバアさんまでが**「あの野田って人は、今時珍しくホントにイイ人だ」**と言うようになった。ところが当時、幼稚園児だった弟のセージだけは、何故か野田さんの顔を見ると**火がついたように泣き出す**のである。そして、いくらなだめても泣き続けるので、そのうち野田さんが平日ウチに来ると、オフクロかジイさんかバアさんの誰か1人が家ん中でセージと積み木などをして遊ぶ係となった。

ところが、野田さんがウチに来るようになってから丸1年後、その野田さんが理由はわからないがピタリと顔を出さなくなり、**結局は2度と現れなくなってしまった**のである。んで、オレは時々「どうして野田のオジちゃんは急に来なくなっちゃったのかなぁ～?」とウチの者に尋ねたが、誰に訊《き》いても「う～ん、どうしたんだろうねぇ……」という答えしか返ってこなかった。そして、オレたちは徐々に野田さんのことを忘れていったのである。

で、それから歳月は流れて、オレが美大受験のための予備校に通い始めた頃のある夕刻。超久々に野田さんのことを思い出し、たまたま台所で炊事をしていたオフクロに「そういえば野田さんて人が昔、ウチにちょくちょく来てたけどさ。ひょっとすると、あの人って病気か何かになって死んじゃったんじゃないのかなぁ？」と声を掛けたところ、次のような言葉が返ってきたのである。

「今だから話せるんだけどさ……。**あの人、ウチの庭で私のことを押し倒そうとしたんだよ**」

「ええっ…………」

そして、オレが言葉を失っていると、少し離れたところから**「やっぱりなっ！」**という声が響き、中学2年になったセージが、いつの間にかオレの隣に立っていた。

「や、やっぱりって何だよっ？」

意味がわからなかったので、セージにそう尋ねるオレ。

「あのオヤジがオフクロのことを狙ってるっていうのは俺、最初っからわかってたんだよ」

「だっ……だって、あの当時って、まだお前は**幼稚園児だったろ……**」

「でも、**直感でわかったんだ。**アイツはオフクロを狙ってるって。だから、みんなに泣いて知らせたんだけど、誰も相手にしてくれなくてさっ。しっかし、あの野郎っ、やっぱしそうだったのかあああっ……」

そして、その翌日。何故か返り血が飛んだTシャツ姿で、夕飯時の茶の間に現れるセージ。

「お前、ケッ……ケンカでもしたのかよっ？」

「**あの野田ってオヤジの家を突き止めて、ボッコボコに殴ってきてやったわ……。**アイツ、ちゃんとした所帯持ちで、お兄ちゃんと同い年の娘がいるみてえだぜ」

「…………………」

そう、昔はオレもセージも相当にグレていて、ウチのオフクロを毎日のように困らせていた。だからこそ今、こうしてオフクロが大ピンチを迎えている時は、暇な時間があっても自分の部屋でボンヤリなどしていられず、気がつくと、**こうして彼女の許《もと》に集まってきてしまうのである。**

「アンタ、何で、そうやってピラフの中に入ってるマッシュルームを残すのよっ」

突然、隣でピラフを食べているセージを怒るオフクロ。

「いや、だってマッシュルームって、猿の脳味噌《のうみそ》をカットしたみてえじゃない？」

「何を言ってんのよっ。アンタ、食べ物を……」

オフクロはそこまで喋ると急に言葉を切り、そして、セージの顔を見ながら何だか微笑んでるような表情になっていた。


けっぱれよ、オフクロ……。

第21バカ

がんばれ、オフクロ!

2005年に入っても、相変わらず**ウチのオフクロと肺ガンの闘いは続いていた。**

2月21日。オフクロ、新しい抗ガン剤投与のために再び入院する。

2月23日。オフクロの肺ガンが**脳に転移**してることが判明。ショックのため、オレの両脚が重ダルくなる。

2月24日。病院の主治医によれば、オフクロの脳の腫瘍《しゅよう》は1回のコバルト（放射線）治療で焼き殺せるとのこと。少しだけホッとした。

3月3日。オフクロ、コバルト治療。

3月22日。この週は白血球の数値が上がらず、肺ガン治療のための抗ガン剤は打てず。

3月27日。朝日新聞の朝刊「おやじのせなか」にオレの記事が載る。**新聞とNHKが大好きなオフクロは、病院で大喜び。**

まだ元気な頃のオフクロとオレ。つーか、ウチの家族って誰も似てないべ?

4月1日。オレの友だちのキャームが、オフクロのところにこっそり見舞いに来たらしい。

4月4日。オフクロ、一旦《いったん》退院。相変わらず白血球の数値が上がらず、入院してても抗ガン剤が打てないため。

4月9日。一家で近くの公園で花見。オフクロ、また少し痩《や》せた。

5月24日。オフクロ、電車に乗って**1人で長女（オレの妹）のマンションに行く。**

5月31日。オフクロが3日間、検査入院。

6月6日。オフクロ、抗ガン剤の副作用で胃が痛くなって入院。

6月10日。オフクロ、退院してくる。

6月22日。オレの著書の帯文を齋藤孝氏が書いてくれたことを知ったオフクロが大喜び。齋藤孝氏とは、御存知『声に出して読みたい日本語』の著者で、現在は明治大学文学部の教授。

9月20日。オフクロに**オレの初小説『ワルボロ』を渡す。**

10月1日。オフクロの監視の下、彼女のヤクザの実弟に昔の話をイロイロしてもらう。ちなみに、何でそんなことを話してもらったのかというと、『ワルボロ』の続きの『メタボロ』『ズタボロ』という小説を書く上で、オレは叔父《おじ》さんからどうしても教えてもらいたい話がいくつかあったから。で、結局、**オフクロは夜中の1時まで付き合ってくれた。**

10月5日。アガリクスの薬事法違反の疑いで、史輝出版の役員らが逮捕。アガリクスとはキノコのヒメマツタケの和名で、抗ガン作用があるとして、日本ではサプリメントとして広く服用されていた。が、この「史輝」というメーカーのアガリクスを飲用した体験談の殆《ほとん》どは**ねつ造だったらしく、**実はウチのオフクロも去年まで同メーカーのアガリクスを**高い金を払いながら飲んでいた**のである。**……久々に暴れたくなった1日だった。**

10月30日。オフクロとケンちゃん、山梨県の温泉に1泊旅行。

11月25日。家族全員で八王子にあるオフクロが大好きなうどん屋へ。オフクロ、たぬきうどんを何とか平らげる。

つーことで、この年もオフクロは何度も病院の世話になりつつも、ある時は花見をしたり、また、ある時は電車で1時間半もかかるオレの妹のマンションに出掛けたりして、**病人にしては意外と活発な毎日**を過ごしていたのである。ま、その1番の原因は、ウチのオフクロが打っている抗ガン剤は**結構薄いもの**で、これは病院の先生と相談してウチのオフクロが決めたとのこと。そう、濃い抗ガン剤を打ってボロボロになるよりは、薄い抗ガン剤でガンを治すというよりかは**〝広がらないようにする〟**ことにしたらしいのである。

２００６年は、こんな感じだった。

1月1日。家族揃ってスキ焼きを食べる。

2月8日。オフクロ、肺の機能が低下したことにより**細かい咳《せき》**が頻繁に出るようになる。また、主治医の話では、**肺のガン細胞も徐々に広がっているらしい。**

2月10日。オフクロ、病院から酸素吸入器をレンタルすることにする。

3月9日。オフクロ、朝日新聞の三多摩版に載ったオレの記事を見て喜ぶ。

4月9日。家族揃って地元の高級居酒屋に行く。オフクロ、また痩せたけど楽しそうだった。が、やはり例の細かい咳が気になる。

4月23日。オレを除いた家族全員で、静岡県のオレの友だちのバアさんがやってる「タケノコ狩り園」に行き、そこでタケノコを掘らせてもらってくる。

5月17日。**セージの嫁が子宮ガンになっている疑いが……。**

5月19日。オフクロがセージの嫁を連れて、東京女子医大に検査に行く。

5月31日。セージの嫁、**やっぱり子宮ガンになっている可能性高し。**結局、6月9日から東京女子医大に1週間入院して**切除手術をすることに。**オフクロ、超心配顔。つーことで、2006年もまだ半年しか経っていないうちから、オフクロは自分の病気以外にもセージの嫁のことなどが心配で、ゆっくりと静養するどころではなかったのだ。が、と同時に、ウチのオフクロは家族の者にすら自分がまいってる姿を殆ど見せなかった。だから、オレたち家族もオフクロのガンは完全には治らないが、**このまま死ぬまで上手に**

ガンと共生できるのではないか?……と思っていたのである。

そう、2000年の1月にオフクロが肺ガンになっていることがわかり、数カ月後に手術で患部をキレイに取り除くことはできたが、1年後に再発していることが判明。それからのウチのオフクロは、相変わらず毎日のように炸裂《さくれつ》するケンちゃんやセージのバカのフォローをしながらも、抗ガン剤を打って自分のガンと黙々と闘ってきたのだ。

そして、2003年の1月には、オフクロも大好きだったブカのおじさんが心筋梗塞《しんきんこうそく》で突然亡くなり、同年の4月には今度はバアさんが他界。さらに、翌2004年の12月には飼い犬のスキッパーが死亡し、2005年にはオフクロの肺ガンが脳に転移し、2006年にはセージの嫁が子宮ガンになってしまったのである。それでも……それでもウチのオフクロは皆の前では極力明るく、また、病気の治療法も人任せにはせず、主治医とジックリと相談をしながら殆ど自分で決めてきたのである。

そう、つまり、オレは何が言いたいのかというと、この10年というもの、オレの周りでは嫌なことばかりが集中して起こってきた。でも、このオフクロだけは、**まだ連れてかれるわけにはいかねえぞっ、おんどりゃあああああっ!!**……ということなのだ。

ところが、である……。そんな最中、今度は、**このオレ自身にとんでもないことが起こったのであった。**

第22バカ

オフクロの執念

2006年6月2日。その晩、オレは東映のスガヤさんという若手のプロデューサーと一緒に、新宿で焼き肉を食べていた。

何でそんなものを、しかも、大手映画会社のプロデューサーから御馳走《ごちそう》されていたのかというと、2005年にオレが書いた**初小説『ワルボロ』を映画化させてくれないか、とのオファーを受けていた**のである。で、スガヤさんの熱意に感動したオレは、「じゃあ、お願いします」と答えた。そして、「来週にでも契約書を作りたいんで、その時はまた、よろしくお願いします」とスガヤさんに言われて、その日は解散したのである。

家に戻る車の中で、**オレの喜びは徐々にデカくなっていた。**というのも、この『ワルボロ』という小説は、中学時代の悪友との交遊録というのが話の中心なのだが、もう一方で**息子をグレさせないよう必死になる母親**というのが準主役で、**そのモデルにしたのがウチ**

脳出血を起こす１カ月前のオレ。まさに、やりたい放題！

のオフクロだったからである。

要するに、映画の『ワルボロ』をオフクロが観れば、**長年オフクロの肺に巣くっているガン細胞を吹き飛ばすことができるんじゃないのか……**と思ったのだ。

で、それから6日後の6月8日。その日、幼なじみのキャームと朝の5時まで自宅でバカ話をしていたオレは、昼の12時頃に目を覚ました。そして、昼食を食べた後、連載している小説を書くために2階の仕事部屋へと上がった。で、原稿を書くこと1時間。急に眠たくなってきて、あれ、さっきまでゆっくり寝てたのにおかしいなぁ～と思いながらも、じゃあ少し横になろうということで隣の部屋のベッドに寝っ転がった。で、**それから約2カ月もの間、オレは記憶と意識を失うことになったのである……。**

原因は、**脳出血**という病気で、つまり、脳味噌《のうみそ》の血管の一部が切れ、しかも、脳室というところに流出した血液が溜《た》まってしまったのだ。で、とにかく大変だということで、救急隊によって病院に運ばれたオレは、6月8日のうちに早速手術ということになったらしい。

しかし、今考えてみれば当たり前のことなのだ。**タバコを日に5〜6箱**も吸い、運動を全くしない代わりに食欲だけは人1倍あったので**体重は115キロ**。そして、ほぼ毎日、連載している雑誌の何らかの締め切りに追われているという**ストレス**。そう、こんな体なら、いつ何が起こっても不思議はなかったのである。

で、6月8日に頭の切開手術を受けたオレは感染症にかかっていて、肺炎も少しあり、術後10日間はICUで寝たっきりだったのだが6月17日、意識が少しハッキリしてきたかで、ようやく頭や鼻にさしてあった管が取れたらしい。そして、そんなオレがモゴモゴと喋《しゃべ》り始めたのも、その時期からだったが、その時のオレは〝小学校の高学年〟だったらしく、大昔のどうでもいいようなことをブツブツ話しているだけだったという。

また、それから何日か経つと、毎日のように見舞いに来たセージが、必ずオレに「今、来てる家族は誰？」と質問をしていたのだが、返ってくる答えは**「青狼《あおおおかみ》」**とか**「モモコに限りなく近い人」**とか**「モジャモジャした気持ち悪い人」**といった感じだったとのこと。そう、その頃のオレは、切れた血管が脳の左側にあったために思考が全くまとまらず、バカのセージですら困らせてしまうような状態だったのである。

ところが、オレの担当医は「大分良くなりましたね。脳の腫《は》れもすっかり引いてるし、あとはリハビリのみですね」と言って6月20日にはオレを一般病棟に移し、24日から簡単な運動のリハビリが始まるも、3日後の6月27日には**左の脳から水が少し出ていることが判明。**

これはどういうことかというと、オレは糖尿の気が元々あったために細菌が脳髄（患部）のところで繁殖する**髄膜炎**になっていて、さらにそれが元になって**水頭症**という病気を引き起こす可能性が大だったとのこと。ちなみに、水頭症になると脳室に水が溜まり、それを抜くバイパス手術がまた大変だという。

で、そんな診断結果が出た直後、ウチの家族は病院の先生に次のようなことを訊《き》かれたのである。

「あの、宏一さん（オレ）は、何の御職業についてらっしゃるのでしょうか？」

もちろん、ウチの家族は「フリーでライターをやってますけど」と答えた。すると、その男の先生は「そうですかぁ……」と険しい表情になり、続けざまにこのようなことを話してきたという。

「宏一さんの切れた血管は、物事の思考をつかさどる左側の脳にあって、ましてやソコが髄膜炎を起こしてるとなると**……ハッキリ言うと文章を書く仕事は、もう諦《あきら》めなければならないかもしれませんねぇ**」

そう、早い話がウチの家族はその時、「お宅の息子さんは、もう書く仕事は無理だと思いますよ」と言われたのである。

「ま、イザとなればボクも書けますしね」

余談になるが、その時の先生の意見、それにセージがそんな答えを返していたという……。

退院してから2カ月後のオレ。ちなみに体重は115キロから75キロまで落ち、ようやく普通のデブになったと思ったのだが……。

で、とにかくオレは、この頃の記憶が全く残っていなかった。いなかったのだが、よくよく思い出してみると、ある1つのことだけはオレの記憶の片隅に残っていたのである。

それは、非常に薄い記憶だったが、気がつくと**いつ**

も何者かがオレの足の裏をしつこく擦《こす》っていたのだ。時には嫌がって足の指をクネクネと動かした記憶があるのだが、その人の手の指（?）は、そんな時でもオレの足の裏をキッチリと捉《とら》えていたのである。

そして、入院してから1カ月半後の7月27日。朝、起きてみると頭にキリ〜ン！とした光のようなモノが走り、**オレの脳味噌が突如として元に戻り始めたのである。**そう、奇跡とまでは言わないが、それに近いことが起こったのだ。

で、その日、オフクロがオレの病室に現れたかと思うと、洗面器の中にドクドクとお酢を入れ、その中でオレの足をゴリゴリと擦り始めたのである。

ちなみに、ウチのオフクロは何をやっていたのかというと、オレは数年前から両足の裏がモノ凄《すご》い水虫になっていて、どうやらこの機会にソレを治すために毎日のように病院にやって来ては、オレの足の裏にお酢を擦りつけていたらしいのだ。

（あのゴリゴリは、ウ……ウチのオフクロだったのか……）

翌日、オレの病室にウチの家族が全員揃った。そして、オレの意識と記憶が戻ったことを皆が喜び、オレはオレで、オフクロが元気で見舞いに来てくれていることに改めて歓喜を感じていた。ところが、その歓喜をオフクロからの言葉が……。

「コーイチ、**私は抗ガン剤の治療はもう止めててね。今は患部が痛くなったら、病院で痛**

み止めを打ってもらったりしてるんだよ」

「えっ……い、痛み止めって？」

「お兄ちゃん、オフクロのココを触ってごらん」

そう言って、オレの右手をオフクロの頭部に持っていくセージ。

「なっ……何なんだよっ、コレは!?」

オフクロの頭部、そのてっぺんあたりの左右の2箇所が1センチぐらいずつ盛り上がっていた。まるで角みたいだった……。

「去年、脳にガンが転移した時は焼き殺せたんだけど、**今年のはこんなに大きくなっててさぁ……**」

そうつぶやきながら、己の目を涙で光らせるセージ。そして、オレはそんなセージの顔を見ているうちに、徐々に頭の中が真っ白になっていった。

その晩、誰もいない真っ暗な病室で、ベッドに寝転びながら〝**ある事実**〟を受け入れる努力をした。

（ということは、ウチのオフクロは、あと少しで……ガ、ガンによって……）

目からポロポロと涙が出てきた。

意識や記憶が戻った途端、こんなことを知らされるとは……。

退院して１年半経った現在のオレ。体重は75キロから97キロにまでアップ。しかも、またしてもジッポーライターとかを集めてやがります。つーか、懲りてないね……。

背中がブルブル震え、声が出ないようにオレはタオルで自分の口元を押さえつけていた。

（オフクロ――――っ、行かないでくれよおおおおおっ、オフクロ――――っ!!）

翌日の昼過ぎ、東映のスガヤさんが病院にやってきた。

スガヤさんは元気そうなオレを見るとホントに嬉《うれ》しそうな顔をし、と同時に、次の一言をシッカリとした声で放ってきたのである。

「じゃあ、『ワルボロ』は撮ってもいいですねっ？」

「えっ……」

そう、オレは自分が長期の入院をしたことによって、『ワルボロ』の話は**とっくに流れてしまったと思っていた**のである。

「主演、つまり、中学時代の板谷さんを演じるのは、松田優作さんの次男、松田翔太くんに決まりましたよっ」

「うっ……うえええっ!?」

その後、オレは8月に入るとリハビリ専門の病院に転院することになったのだが、その病院のベッドで遂《つい》に〝**効果**〟が現れたのである。そう、足の裏が痒《かゆ》くなってきたと思ってポリポリとかき始めると、そこの皮膚がポロポロと剝《は》がれ始めたのである。そして、10日もすると**オレのヒドい水虫はすっかり治ってしまった**のだ。そう、オフクロの執念が、今までどんな薬も効かなかったオレの水虫を撃退してしまったのである……。

で、それから数日後の9月2日。オレは、ようやくそのリハビリの病院からも退院することができたのだが、オレの入院中、1日も欠かさずに見舞いに来てくれたケンちゃんが、この日に限って来なかったのである。で、車でオレのことを迎えにきたセージに「ケンちゃんは？」と尋ねたところ、ナント、その日の午前中にオレの病院に自転車で向かっていた途中で**ライトバンにハネられ、今、別の病院で頭を縫っている**とのこと。つーか、親父っ。アンタは、オレの入院中に車にハネられたのって、これで2度目だろっ！　頼むから仕事を増やすなっつ——のっ!!

ま、ということで、約3カ月ぶりにようやく自宅に帰ってきたのだが、その日のうちに頭を縫って戻ってきたケンちゃんから聞いた話によると、ウチのオフクロは**今年の4月の時点で8月まで生きられれば……**と先生に告げられていたらしいのだ。ところが、6月にオレが脳の血管を切ったことから、ウチのオフクロは「私が助けなきゃ！」と、かなりの無理をして毎日のようにオレの許《もと》に通っていたらしい。

つまり、皮肉な話だが、オレが脳の血管をブチ切ったので、**心配でウチのオフクロは死ねなかったのである。**しかも、そのついでにオレの水虫も治してしまったのだ。

（東映のスガヤさん、早く映画を………）

その時のオレの頭の中は、ハッキリ言ってソレしかなかった。

それを観たらオフクロは復活してくれる。そう思い込んでる自分がいた。いや、そう信じるしかなかったのだ。

が、ウチのオフクロは、そんなオレより1枚も2枚も上をいっていたのである……。

第23バカ

人生で1番悲しい日

２００６年９月２日。退院したオレは、その後も週２〜３日の割合でリハビリをするために病院に通うことになった。

右腕が肩よりも高く上がらず、しかも、右手でジュースのペットボトルのキャップを開けるのもやっとだったのである。その上、１１５キロあった体重も病院の美味《おい》しくない食事によって75キロまで落ち、まぁ、それは良かったのだが、家族に言わせると視点は定まってないわ、歩き方はオカしいわで、**まだまだ全然普通じゃなかった**のだ。

が、その一方でウチのオフクロは横になってる時間は長かったが一応は元気で、また、オレの入院中に子宮ガンの除去手術をしたセージの嫁も既に働きに出ており、も１つオマケにオレが原作を書いた『ワルボロ』の撮影も順調にスタートしていた。そう、オレは**オフクロに映画『ワルボロ』を観てもらうことによって、彼女がさらに長生きできると信じ**

映画『ワルボロ』の撮影現場で撮ったフォト。
この席に松田翔太くんが座ってた。

ていたのである。

10月に入ると、オレはオフクロとケンちゃんを入院中からの約束だった那須《なす》にある「サンバレー」というホテルに連れていった。このホテルの名物は、豪華な夕食バイキングで、ケンちゃんがデザートの杏仁豆腐《あんにん》を11杯もお代わりしたかと思えば、普段はあまり食欲がないオフクロも**北京ダックやら燕《つばめ》の巣のスープなどをここぞとばかりに食べていた。**

また、東映のプロデューサー、スガヤさんの御厚意で映画『ワルボロ』の撮影現場にも何度も連れていってもらった。スガヤさんは立川にあるオレんちまで車で迎えに来てくれ、撮影現場に着くと**1番イイ場所にいつもディレ**

クターズチェアーを置いてくれた。そして、休憩時間になると、俳優の松田翔太くんとか福士誠治くんなんかが頻繁に話しかけてきてくれたのである。

恥ずかしながら、**オレは幸せを感じていた。**そして、仕事の方も、まだパチンコ雑誌の連載だけで、しかも、全然ウマくは書けなかったが、それでも病院の先生の無理だろう……という意見に逆らうようにしてスタートすることにした。

で、そんな10月の終わりのこと。オフクロの呼吸が急に苦しそうになり、再び入院することになった。そして、その翌日にオフクロの担当医に呼ばれて再び病院に行くと、次のようなことを静かに言われたのである。

「お母さんは多分、もって3カ月……というところですね」

「ええっ………」

目の前が再び真っ暗になった。せっかくイロイロなものを積み上げているというのに、その上から**巨大なコンクリートの塊を落とされたような気分**だった。

が、オレやケンちゃんやセージは、それでも毎日のように病院に行き、オフクロ相手に淡々と世間話を続けた。で、その裏でオレは東映のスガヤさんと密に連絡を取り合いながら、何とか来年の1月には粗編集のフィルムをオフクロに観せよう……という計画を立てていたのである。

11月、12月、1月……。ギリギリだけど大丈夫っ、ウチのオフクロは何度も**不可能を可能にしてきたのだ。**いや、それどころか、1月になったって2月になったって死にゃあしないっ。オフクロは『ワルボロ』を観て復活するんだっ。そのために今、オレがココにいるんだっ。

そして、12月3日。その日、オレは地元の後輩と一緒に気分転換のためにパチンコ屋に行き、午後になってから、その後輩も連れてオフクロの病室を訪れることにした。

が、病室の前で出来るだけ明るい顔を作り、その扉を開けながら中に一歩踏み出したところでオレはビックリ。ケンちゃん、セージ、セージの嫁。そして、オレの妹と、その娘。さらにはオフクロの弟の2人の息子までいるのである……。

「あれっ、みんな揃っちゃって、ど……どうしたのっ？」

「お兄ちゃん……」

そう言った妹が泣いていた。慌ててベッドの方を見ると、ウチのオフクロが酸素マスクをしながら苦しそうに息をしていた。そんなツラそうなオフクロを見るのは初めてのことだった。

間もなくして、妹に手を引かれるようにして廊下に出るオレ。

「私も2時間前に来て驚いたんだけど、お……お母さん、きょ……今日が**ヤマらしいよ**」

「ウッ……ウソだろっ、おい！」

っていうか、オレは昨日も見舞いに来たが、その時はオフクロは普通に冗談も返してきていたのだっ。それなのに、なぜっ。

それから少しして廊下に出てきたセージにさらに話を聞くと、今日の午前中は普通に話をしていたらしいのだが、妹が来る少し前から急に苦しみだしたらしい。そう、ホントに急なことだったのだ。

オレは、とりあえず後輩を家に帰した後、ベッドの脇でオフクロの手首を握り続けた。が、その後もオフクロは何も喋《しゃべ》れず、目さえ殆《ほとん》ど開けられずにゼイゼイと苦しそうな息をしているばかり。そして、オレはそんなオフクロを潰《つぶ》れそうな心で見守りながらも、頭の隅っこであることを思い出していた。

それは子供の頃、喘息《ぜんそく》持ちだったオレは発作を起こすと、ちょうどこんな息遣いで夜中、布団の上で上半身を起こしながら苦しがっていたのだ。そして、そんな時は**必ずウチのオフクロが一睡もしないで一晩中、オレの背中をさすってくれていたのである。**

（オフクロっ、頑張れ。オフクロっ、戻ってこいいいいい〜〜〜っ!!）

ピ―――――――ッ。

そんな音が病室に小さく響き、数秒後に担当医の「午後3時42分……です」という声が続いた。

「うっ、うがあああぁ～～～～っ、おっ……お母さぁ～～～～～んんんっ」

セージが泣いた。

「嫌だよおおお～～～～っ、こんなに早く嫌だよおおおおお～～～～～っ」

妹も泣いた。

「ウッ、ウウウウウッ……ウウウウウウウッ」

ケンちゃんも泣いていた。

ヤクザの家に生まれ育ち、そのヤクザを嫌って**バカだけど真面目だけが取り柄のケンちゃん**と結婚したウチのオフクロ。が、ケンちゃんは5人兄妹《きょうだい》の長男で、そんな大家族の板谷家に嫁いできたオフクロは、毎日のように洗濯やら掃除で大忙しだった。で、何年かしたら、ようやくケンちゃんの兄妹も次々と結婚をして板谷家から巣立っていき、少しだけ余裕ができたオフクロは、長男のオレがグレないようにと小学2年の時からスパルタ塾に入れ、その月謝などを稼ぎ出すために自分は家のすぐ近くにあった老人ホームへ就職。ところが、その塾通いのオレが**私立中学の受験にすべて落ち、おまけに中学3年ぐらいから本格的にグレ始めて、**ウチのオフクロはそのことで随分と苦労したと思う。しかも、そのオレがオフクロの兄弟のヤクザの手伝いをするようになったかと思えば、弟のセージも中学の終わりごろからグレ始め、あの頃は**怒鳴ってるか泣いているかのオフクロしか見た記憶がなかった。**

その後、ようやくオレもセージも少しだけ落ち着いてくると、オフクロは老人ホームから帰ってきても夜中の2時、3時まで老人養護の資格試験の勉強を続け、結局は58歳の時に**高卒のオフクロが何百人といる老人ホームの職員の中の園長になっていた**のである。そして、自分が肺ガンになっていることが判明した後でも、ウチのバアさんの世話やセージの嫁の病気などに凛《りん》として立ち向かったオフクロ……。

オレがオフクロに関して最も尊敬しているところ、それは人間というのは普通イロイロなことをガマンしていると**必ずといっていいほど、その反動で1つや2つはワガママなところが出てくる**ものである。が、ウチのオフクロにはソレがなかった。こうやって文章にすると大したことに感じないかもしれんが、オレは今までに**そういう大人をオフクロ以外に1人も見たことがない。**

が、ともかく……2006年12月3日(日)の午後3時42分。みんなが病院に集まれる日時を選んだかのように、67歳のウチのオフクロは死んだ。

まさしく、**ウチのオフクロらしい最期だった。**

オフクロの葬式の翌日、幼なじみのキャームが夕方頃にウチに来て、次のようなことを打ち明けてきた。

板谷家の人間がいない時でもウチのオフクロの見舞いに来ていたキャームは、オフクロが死ぬ3週間前に彼女からこんなことを相談されていたらしいのだ。それは、『ワルボロ』というのはウチの息子の半自伝的な小説だが、それが本ならまだしも映画になるんだったら、登場人物のヤッコとか小佐野くんには一言断っておく必要があるのではないか？……ということだった。

「で、俺が電話しといたよ、奴らんところに」

「えっ……」

「だから、コーちゃん（オレ）も何日かしたら、ヤッコとか小佐野なんかには電話しといた方がいいぞ」

「……あ、ああ」

そう、**ウチのオフクロは映画の『ワルボロ』に喜ぶどころか、イロイロなことで心配になり、そのことをオレに内緒でキャームに相談していたのである。**

「うっ……うううううっ」

気がつくと、オレはまた泣いていた。そう、本を何冊も出し、たまには新聞にも載るようになって、それでオフクロを喜ばすことができるようになったとイイ気になっていたが、

結局オレは最後の最後までオフクロを心配させるガキだったのだ。

なぁ、オフクロ……。ガンとの7年間の闘い、本当にお疲れ様でした。今は自分のことだけを考えて、ゆっくりゆっくりゆっくり休んで下さい。……合掌。

那須にある遊園地での１枚。オレもオフクロもメタメタ痩せてました。

最終バカ

それからの板谷家

ウチのオフクロが死んだ10日後。その日、オレは幼なじみのキャームと一緒に、自分が原作を書いた『ワルボロ』のコミック化の打ち合わせに出ることになっていた。

そう、『ワルボロ』は映画化と並行して、『ヤングジャンプ』という漫画誌でコミックになることにもなり、その編集者や漫画家と旧友のキャームも含めて打ち合わせをすることになっていたのだ。ところが、その朝にキャームからかかってきた電話に、オレは**言葉を失うしかなかった。**

『ああ、コーちゃん。俺、今日の打ち合わせは行けなくなっちまったわ』

「えっ、何で？」

『うん……**ウチのオフクロが今朝、バカっ早い時間に死んじまってさ**』

「ええっ!!　……うえええっ!!」

前にも少し書いたが、キャームのオフクロさんは、もう10年以上も前からパーキンソン病という超難病にかかっていて、その後、会社を定年退職したキャームの親父さんが家で面倒を見ていたのだが、その疲れが元でキャームの親父さんは約2年前に胆石による肝不全という病気で死んでしまったのだ。しかも、寝たきり状態のキャームのオフクロさんは、親父さんが亡くなってから数日後に**肺ガンにかかっていることも判明。**

よって、キャームは、このままでは数カ月も空かないうちにオフクロの方も……と思っていたのだが、病院に長期入院することになったキャームのオフクロさんは、その後、悪いながらも何とか持ち直していたのである。ところが、ウチのオフクロが死んだ僅《わず》か10日後に、長年病気と闘ってきたキャームのオフクロさんも死んでしまうとは……。つーか、いくら幼なじみとはいえ、母親の死も**〝10日違い〟**なんて、ホントに皮肉としか言いようのない話だった。

で、そんなこともあって新たにショックを受けていたのだが、遅まきながら、この連載のイラストも描いてくれている漫画家の西原のネエさんに年末ごろにウチのオフクロが死んだことを知らせたら、スッ飛んできてくれて、**涙ながらに「板谷くんのお母さんは、ホントに強い、ホントにイイお母さんだったよね……」**と言ってくれた。

そして、年が明けた2007年の2月。ようやく映画『ワルボロ』の編集作業が終わったらしく、1回目の試写会が東映の施設で開かれた。

内容は、映画初主演の松田翔太くんの情熱が溢《あふ》れた素晴らしい作品で、それだけでも感動もんだったが、途中でウチのオフクロ役の戸田恵子さんが出てきてオレ役の翔太くんを怒鳴りつけた瞬間、**体に電流のようなものが走り、**オレは思わずオフクロに念をおくっていた。

（オフクロ、『ワルボロ』が出来上がったよ……。昔はホントにこんな感じで、オレのことを怒鳴ってばかりいたよな。とにかく、かっこイイ作品だよ……）

で、それから、さらに3カ月ほど経った5月9日。その日、自宅でポソポソと原稿を書いていたら、外からオレの仕事部屋に入ってきたケンちゃんが興奮しながら、こんなことを言うのである。

「おいっ、バナナさんだよ、バナナ、バナナっ!!」

「はぁ……?」

んで、庭に出ていったら、あろうことか、**よしもとばななさんが立っていたのである……。**

つーか、オレとばななさんの交流というのは今から約6年前、オレのホームページに読者から「作家のよしもとばななさんの日記を見てたら、板谷さんの本を読んで死ぬほど笑った……というようなことが書いてありましたよ」というメールが届いた。で、慌てて彼女のホームページを見てみたら、確かにそういう一文が……。

てか、よしもとさんといったら年齢こそオレと同い歳だが、もう**ハタチの頃から小説をドンドコ発表している人**で、ウチの妹もよしもとさんの本は殆《ほとん》ど持っていた。で、そんな天才がオレみたいな奴の下らない文章を読んで面白がっている……ということがどうしても信じられず、が、それから数カ月後に『板谷バカ三代』が文庫本として発売されることになったので、ダメ元で解説を書いてはくれないだろうか……と編集者を介して頼んだところ、ナント、**翌日にはその解説文がFAXで出版社に送られてきたのである。**

で、それからというもの、オレとばななさんは1回も直接会ったことがないにもかかわらず、著書を贈り合ったり、また、ばななさんから直筆の手紙をもらったりしていたのだ。んで、その手紙には、いつも〝**ゲッツさんの仕事は、放っておいたらこの世の中の誰も気づかない、でも、偉大な人たちのことを書き続けていくことだと思います**〟といったことが記してあるのである。そして、もう1つオマケに言わせてもらえれば、オレが初小説の『ワルボロ』を出版する時も**コッチが何も頼んでいないにもかかわらず、帯文を書いて出版社にFAXしてくれたらしいのだ。**

で、そのばななさんが、ウチの庭に立っていたのだ……。

ばななさんがオレんちに来てくれた理由は、先日ウチのオフクロが死んだことをオレのホームページの日記を読んで知り、どうしても花を供えたくて宅配便に書かれたウチの住所を頼りにやって来たという。が、板谷家の面々に気を遣わせるのが嫌だったので、玄関

バカの一代目だったウチのバアさん。天国にいってもオフクロの要らなくなったパンストをかぶっているのか?

の脇にそっと花束を置いて帰ろうとしたら、庭で植木の手入れをしていたケンちゃんに思いっきり見つかってしまったとのこと。

んで、とにかくオレは、ばななさんに家に上がってもらおうとしたが、彼女は花束をオレにくれると、そのまま自分の事務所のスタッフが運転する車に乗って去っていってしまったのである。……つーか、ばななさん。**アナタは素敵過ぎるっつーーのっ!**

そして、オフクロが死んでから約2年が経った今年の11月。映画『ワルボロ』も去年の9月に無事に全国公開さ

そして、二代目のケンちゃん。青のりでヒゲを描くお調子者。そう、オフクロが死んで元気がなくなったが、カメラを向ければ、この有様です……。

れ、マザコンのオレやセージもようやく落ち着いてきた。ま、そうは言っても、ウチには10年前からオフクロがつけてた日記帳が9冊もあり、まだソレは涙の堤防が決壊すると思うので読めないいんだけどね……。

が、ウチのオフクロが死んで最も変わったのは、**やっぱりケンちゃんだった。**急に歳《とし》を取ってしまった感じで、相変わらずのバカなのだが、そのバカにも何だか**スピード感というか、迫力のようなモノが感じられない**のだ。また、セージも今は、とにかく仕事に一生懸命になってるみたいで、バカは少しだけ鳴りを潜めているのだ。そう、しっかりした者がいなくなると、バカも休みに入るのだろうか？

そして、ウチに家政婦（？）として入っていた秀吉は、バアさんが死んだ約1カ月後にウチに戻ってきたが、また半年もするといなくなり、その後、バアさんの妹の家に連絡したが彼女は戻ってきてないらしく、**今では生きているのか死んでいるのかもわからない状況**である。

で、最後にオレ自身の近況だが、この『やっぱし板谷バカ三代』は昨年の6月から、脳出血を患っていた脳がいくらか良くなってきたので復帰をした。そして、それから毎月1回、何とか書き続けて現在に至るという感じだ。

んで、今日は久々にベッチョやキャームも集まったので、昼はタコ焼きを作って食べ、夜は自宅から車で30分ほどの釜飯《かまめし》屋に行ったのだが、そこで久々にケンちゃんのバカが爆

三代目のセージ（左）と、その親友のベッチョ。セージに子供が生まれれば、多分それが四代目になると思う。

発。というのも、釜飯を注文する際に、ケンちゃんはメニュー表を見ながらも**「じゃあ、俺は中華でいいや」**と言い、女店員に「中華というのは無くて、あるのは鶏《とり》とかアサリとかカニの釜飯なんですけど」と返された。すると、ケンちゃんは「じゃあ、とにかく……**そういうのを1つ」**という言葉を吐き、それを隣で耳にしていたセージが遂《つい》に激怒。

「そういうの、とか言ってるんじゃなくてっ、ちゃんとアサリとかカニを注文しろよっ！」

「るせえなっ、じゃあ貴様は旅館に行って『何の茶碗蒸《ちゃわんむ》しがよろしいですか？』って訊《き》かれたら、**ウサギとか亀って答えられんのかよっ!?」**

「つーか、ウサギはまだしも、**亀の茶碗蒸しって何じゃいっ!!」**

「じゃがましいっ、**この捨て子野郎!!**」

「そうやって口ゲンカになる度に、人のことを勝手に捨て子にしてんじゃねえよおおおっ!!」

ってな2人の言い合いがあり、とにかく皆、1つずつ釜飯を注文したのだが、ケンちゃんが半分も食べずに残しているのである。で、オレが「どうしたんだよ?」と尋ねたら、「この残りは、母ちゃんに持っていってやろうと思ってよ」なんて言うので「そんなことをしたって意味ねえよ」と注意したら、ブツブツ言いながら席から立ち上がった。

で、てっきりトイレに行ったのかと思ったが、20分ぐらい経っても戻ってこないのでベッチョを見に行かせたら、トイレにもドコにもいないのである。そんで、1時間ぐらい待ってても戻ってこないので、仕方なしにいったん家に帰ったが、やっぱりケンちゃんの姿はなかった。

んで、夜の11時過ぎに勝手口の方からドカーン!っという音がしたので見に行ってみると、そこにはベロベロに酔っ払ったケンちゃんが倒れてて、「今までドコに行ってたんだよおおおっ!!」と怒鳴ったところ、「うるぜえなっ、母ちゃまにエスコートを……ぶっ!……さ、されでだんだよっ!!」と叫びながら**小便をドクドクと漏らしていました……。**

つーことで、とにかく今まで御愛読どうもありがとうございました。これからも板谷家は大変だとは思うけど、何とか頑張って生きていきます。……じゃあね!

やっぱし板谷バカ三代

あとがき

ボキのプライベートな友だちには、物事をハッキリ言う奴が多い。

そういう奴らがウチに遊びに来て、この『やっぱし板谷バカ三代』のゲラを読んだ際、途中まではゲラゲラ笑っているのだが、最後の方になると少しだけ涙ぐみ、しかも、その後で厳しい顔になるのである。で、意見を聞いてみると〝自分らは板谷のお母さんを知っているから、最後の方は泣けたけど、お母さんと会ったこともない人に読ませるのはどうだろうか?〟と言うのである。

なるほど、と思った。

人の母親や父親が死んだという話は、その当人にとってはとても重要なことだとは思うが、他人にしたらどうでもいいというか、ハッキリ言えば、あまり詳しく聞くのは面倒くさいものなのである。だから、オレの友だちは、最後の方にウチのオフクロが死ぬまでの話が集中したのはどうか?と思ったのだ。

でも、いいのである。

元々、この『やっぱし板谷バカ三代』というのは、板谷家の面々が起こす怒濤《どとう》のバカ事件を綴《つづ》り、肺ガンが再発してしまったが必死にソレと闘ってるウチのオフクロの様子も書こうと思ったのである。で、本当なら、この「あとがき」には、とにかくオフクロよ、がんばってくれ。今、アンタが倒れたら、このバカだらけの板谷家は滅亡してしまうんだから……と書いて締めようと思ったのだ。

ところが、この連載の原稿を半分ぐらい書いた時点で、オレは突然、脳内出血になって倒れてしまい、記憶や意識を失って3カ月ほど入院した挙げ句、その後、退院して3カ月も経たないうちに肺ガンのオフクロが死んでしまったのである。そう、脳内出血で倒れてからというもの、オレの日常生活は揺れに揺れまくったのだ。

その後、半年間のリハビリ期間を挟んで、オレはとりあえず当連載を再開した。で、まだ全然普通に戻ってない脳味噌《のうみそ》と闘いながらも、この連載でオフクロの最期のことまで書こうと決めたのだ。だから、この本の締め方を人から何と言われようと、そんなことはどうでもいいのである。8年前の『板谷バカ三代』は、ケンちゃんやセージたちに己のバカさ加減を思い知ってもらうために書いた。そして、今回の本は、オレがオフクロの死を乗り越えるために書いたのだ。

ウチのオフクロは、息子のオレが言うのも何だが、ホントに大した奴だった。頭が悪けりゃ、字も絵もヘタクソで、文章なんかも60代になっても小学生の作文ぐらいの内容しか書けなかったが、とにかく努力をすることだけは誰にも負けなかった。で、その努力で、バカ揃いの板谷家を必死に守ってきたのだ。

ちなみに、オフクロが死んでからというもの、ケンちゃんの変貌《へんぼう》ぶりは凄《すご》かった。メソメソはしてなかったが、少しでもウチのオフクロのことを悪く言う奴がいたら文句を言って帰らせてしまい、ソイツの悪口を3日間ぐらい言い続けた。また、持病の糖尿病も悪化し、体重は70キロから50キロ台にまで落ち、左脚を悪くしてあまり歩けなくなり、最近では口数も極端に減った。

で、そんなケンちゃんが先日、居間に来て「最近、寝る時に寒くて仕方がない」と言うのである。オレはその時、(もしかして、オフクロが迎えに来たのでは……)と思った。

で、その翌日、またしても「やっぱり寒くてしょうがない……」と言うので、セージが「じゃあ、部屋の暖房を入れればいいじゃねえかよ!」と怒鳴ると、暖房は今も作動しているという。

「そんじゃあ、部屋に雪女でもいるんじゃねえのかっ!」

そう言うと居間のソファーから立ち上がり、ケンちゃんの寝室に様子を見に行くセージ。そして2分後、居間に戻ってきたセージから次のような報告があった。ケンちゃんの寝室は1月だというのに冷房が作動しており、室温はマイナス5℃だったという。ホントに漫画だよ、これじゃあ……。

つーことで、最後に、この本を作るにあたって力を貸してくれた角川の遠藤くん、足立くん。そして、オフクロとの最後の漫画を描いてくれた西原のネーさん、写真を撮ってくれた浅沼くん、デザインを担当してくれた坂本さんにお礼を言います。どうもありがとうございました。

ゲッツ板谷

特別企画

ゲッツちゃんへの70の質問

昔、ボキの『戦力外ポーク』って文庫本のおまけ企画で「ゲッツちゃんの質問100本ノック」ってのがあってね。それが結構評判良かったんで、文庫の担当に戻ってきた足立君が「今度は著名人から質問をしてもらいましょうよ」なんて言ってきてさ。そしたら、大変なメンバーが集まっちゃってね。つーことで、これからその質問に答えてくけど、できれば最後の2人だけは無視して下さい。オレも超適当に答えてますから。

伊坂幸太郎さんからの質問

質問❶ 近所の人たちの記憶から抹消したい、自分の若かりし頃のエピソードを教えてください。

ハタチの頃、化粧をして学校に行ってました……。

質問❷ 今まで、編集者に言われた中で（良くも悪くも）一番驚いた言葉って何ですか？

「パチンコ必勝ガイド」という雑誌の8つも歳下の女の編集者に電話で言われた次の言葉です。「だからさぁ……ねぇ、人の話ちゃんと聞いてる？　なんか、受話器の向こうからフガフガ豚の鼻息みたいなのが聞こえて気持ち悪いんだよね。もうちょっと痩せな、お得なパワーランチちゃん」

質問❸ こんなダイエットがあったら絶対やる！　こんなダイエットは絶対やだ！　というのを教えてください。

そこの施設を訪れたら、1回500円で自分好みの女性が次々と登場し、彼女らとコッチが「もう満腹っス！」と言うまでSEXできるというダイエットがあったら絶対やります！　逆に、強制的に水を飲ませ続けられるダイエットは100万円もらっても絶対いやです！

質問❹ ポケモンに出てくる仲間たちには、「もぐらポケモン」とか「きのこポケモン」とか種族みたいなのがあるようです（ピカチュウはねずみポケモンだそうです）。ケンちゃんは、ポケモンの仲間だと聞いたのですが何ポケモンなんですか？

歩兵ポケモンです。が、モードに入ると金ポケモンになります。

質問❺ カブトムシのオスばかり見ていたら、妻に、「男女差別」と罵られてしまいました。何と言い返せばいいですか。

じゃあ、キミは2年前の、あの開拓村での出来事はどう説明するんだっ？　いいかいっ、あの時キミは、メスに食われてるオスのカマキリを見て、嬉しそうにほくそ笑んでたじゃないかっ！　そういうキミがねっ、ボクのことを……
…はい、このへんにしときます。

井ノ原快彦さんからの質問

質問6 今怒っていることはなんですか？
オカマちゃん、TV出過ぎ。

質問7 最近泣いたのはいつですか？　理由もお願いします。
昨日、ウチの隣で飼われてる雑種犬を見て。理由は、その顔が疲れきった俳優の芦川誠さんに似てて、とにかく可哀想だったから。

質問8 出てみたいテレビ番組は？
「水曜どうでしょう」です。

質問9 ご自分をアイドルに喩えるなら誰ですか？
昔、「ザ・ハンダース」というお笑いグループにいたデブ。

質問10 文章を書くこと以外で、今やってみたいお仕事はありますか？
大衆食堂の経営&料理人ですね。

質問11 作家さんとしてだけでなく、映画を演出してみたいと思いますか？
してみたいですけど、そうすると多分、数十億単位の赤字を出しそうなので止めておきます。

質問12 優しい笑顔の裏に、ダークな部分も持ち合わせているゲッツさんですが、僕に対してダークな一言お願いいたします。
ま、カリスマ性はボキの方があるね（笑）。

金城一紀さんからの質問

質問⑬ ブルース・リーとジャッキー・チェン、どっちが好きですか？ 理由も教えてください。

ブルース・リーの方が好きです。理由は、小学生の時にやったブルース・リーごっこでボキが1度ブルース・リー役になった時、その当時クラスで1番ケンカが強かった奴に飛び蹴りを食らわしたら、靴の先がソイツの口の中にガッポリと入り、ソイツを泣かして「おい、オブブ(当時のボキのアダ名)って実はケンカ強いじゃん！」ってクラスの奴らに言われたからです。

質問⑭ これまでで一番強かった喧嘩の相手は誰ですか？

ヤクザの予備軍をやってた17歳の頃、新宿の歌舞伎町でケンカした背の低い少年ヤクザです。10秒で倒されました。

質問⑮ 好きな恋愛映画はなんですか？

『自虐の詩』と『クライング・ゲーム』です。

質問⑯ ゴルゴ13に勝つにはどうすればよいでしょう？

その漫画本を燃やすしかないですね。ちなみに、ウチの残念な弟のセージは、ゴルゴ13のことを7年前まで本気で「ゴルゴB」だと思ってました。

質問⑰ スーパーマン、スパイダーマン、バットマンの中で、生まれ変わったらどれになりたいですか？ 理由も教えてください。

バットマンになりたいです。理由は、とにかくアメイジングヒーローの中では断トツにコスチュームとかがカッコいいからです。

質問⑱ これを聴くと過去の恋愛を思い出して甘酸っぱい気持になる、という曲はありますか？ 相手のことも教えてください。

F．R．デイヴィッドの「ワーズ」という曲です。18歳当時、この曲を車の中で流しながら、よく彼女とキスをしていたのですが、1回彼女に「板ちゃんて、そんな不良生活をしてんのに大学なんて行くの？」と尋ねられた時に思わずカッコをつけて「うん……多分、留学すると思うけど」って答えた途端、その彼女がみるみる冷たくなり、1カ月もしないうちにフラれました。

質問⑲ 凶器準備集合罪で捕まったことはありますか？

ありません。

質問⑳ いますぐぶん殴りてぇ、という人はいますか？ 差し支えなければ教えてください。

2人いましたけど、その2人とも死んじゃったみたいなんで今はいません。

川原亜矢子さんからの質問

質問㉑ 味の素は好きですか？

…………。ボキが小さい頃は、よく板谷家は味の素を使ってたみたいなんですけど、30歳ぐらいの時から紀行本の取材でちょくちょく東南アジアの国々に行くようになって、それらの国で嫌というほど味の素が料理に使われていました。で、何だかどの料理も同じ味がしたことから、味の素が大嫌いになってしまいましたが、数年前からは、またチョットだけ好きになりつつあります。

質問㉒ 牛丼は好きですか？

亜矢子さん。ニンジンが嫌いなロバがいると思いますか？

質問㉓ 「嘘ぉ!! 柔らかい」は味の表現だと思いますか？

お、思いますよ……。

質問㉔ 香りと匂いの違いはなんですか?
香りというのは魅惑的なイイ匂いのことで、匂いというのは……あ、これも同じ匂いかっ。つ、つまり、あの……え、え〜とぉ……お母さああああ〜〜〜んっ! キレイなお姉ちゃんがボキをいじめるよおおおおっ!!

質問㉕ 板谷さんにとっての美味なるひとときはどんな時ですか?
…………。お母さあああ〜〜〜〜んっ! まだいるよおおおっ、まだキレイで怖いお姉ちゃんが玄関にいるよおおおおおっ!!

質問㉖ 日本の野球選手がメジャーリーグに行くことをどう思いますか?
いいと思いますよ。でも、今のところ活躍した選手はというと、野茂とイチローだけですけどね。

質問㉗ 日本の幼児英語教育についてどう思いますか?
基本的には大賛成です。つーか、オレなんかの世代みたいに言葉で苦労するという経験は、できれば無くしてやりたいですね。

質問㉘ 福島原発と津波について思う一言はなんですか?
悪魔の左手。

質問㉙ スカイツリーがオープンしたら上りますか?
1回は上ると思いますけど、「お……西武ドームが見えるじゃん」とか言って、あとはその同伴した女性とどういう流れでホテルに行くかということしか考えないと思います。

質問㉚ 海外旅行は何処に行きたいですか?
中国とイタリアに行きたいです。

ピエール瀧さんからの質問

質問31 きつねに取り憑かれた時の対処方法を教えて下さい。

まず、1回「コン！」と鳴いて下さい。次に両手でグーを作って前方に突き出し、今度は2回「コン、コン！」と鳴く。こうすると取り憑いてきたきつねは（お、コイツは超取り憑き易い奴だな）と少しビックリするので、その隙を突いて頭からガソリンをかぶって火をつけるなどして自殺して下さい。こうすればアナタも死にますが、取り憑いてきたきつねも確実に撃退できます。きつね憑きの最善の対処方法、それは辛いですが〝自分1人で食い止める〟ということなんです。

質問32 新発見の星を見つけた時、なんという名前を付けますか。

驚きタロー。

質問33 セージが最も最近やらかした事はなんですか。

先週、大型トレーラーを運転してて、また信号を倒しました。通算4本目だそうです。

質問34 私は最近年上の女性に興味があるのですが、気に入られるにはまずどうしたらいいですか。

ほほう、ピエールさんも遂に熟女の世界に入ってきましたか（笑）。気に入られるのは意外と簡単です。熟女は口臭がキツかったり、気を抜くとオバン臭い匂いが漂っちゃったり、白髪やシミが出てきちゃったりしましてね。一皮剝けば弱点だらけなんスよ。でも、たとえそういう面が見えても、あえて気づかないフリをしてると相手の熟女は、そのうちこう思うわけですよ。（ああ、この人は私の弱点に本当は気がついてるはずなのに……なんて優しいの♥）。こう思わせたら、もう相手の全身全霊はピエールさんのもの。あとは好きなだけ……ムフフフ。

質問㉟ NBAの選手で最も面白い顔は誰ですか。

もう引退しちゃいましたが、マヌート・ボルというセブンティシクサーズにいた選手がダメなパズルのような顔をしてました。

質問㊱ 東京以外で住んでみたい県はありますか。

熊本県。

質問㊲ 立川が独立国家になると聞きました。新設の法律はなんですか。

毎週木曜は水道の蛇口からイチゴミルクしか流しちゃいけないことと、小学生は最低でも月1回は放課後にコックリさんをやって、「教室から3時間も出られなくなって死ぬかと思った!!」とか大ゲサなことを言わなくてはならないことです。

松尾スズキさんからの質問

質問㊳ 玉置浩二は次に誰とどんなトラブルを起こすんですか?

昔、ゴールデンハーフにいたエバと香港SEX旅行とかに出掛けると思いますよ。

質問㊴ 俺は舞台20年以上やってるのにいまだに緊張します。ゲッツさんは緊張することってあるんですか?

今までで1番緊張したのは、15年前ぐらいにひょんなことから弟のセージと同じディスコのフロアーで向い合って踊ったことですね。ある意味、緊張し過ぎて死ぬかと思いました。

質問㊵ これができれば残りの人生射精しなくてもいい、と思えることってありますか?

元NBAプレーヤー、マイケル・ジョーダンの頭の上からダンクを叩き込めれば、もうチンコとかも根元から斬り落とされてもOKっス。

質問㊶ 最もバカにしている有名人は誰ですか?

関口宏。

質問42 丸一日楽しんごになりきってすごす罰と骨折、どちらを選びますか？（性生活もふくめて）

骨折を選ばせて頂きます。

質問43 ジャズの流れるこじゃれたバーでくそつまらないことを言ってみてください。

「キミは12フィートもある厚さのパンを美味しく感じるだろう。……え、何でか？……でかい口をたたくからさ（笑）」

質問44 ゲッツさんの好きな金八先生の言葉を教えてください（なければ作ってもいいです）。

「山田麗子（三原じゅん子）、最後に先生言っとくぞっ。……い、1回やらしてっ。なっ！なっ！なっ！」

矢井田瞳さんからの質問

質問45 朝起きて一番にする事は何ですか。

部屋にある変なミニトーテムポールに「おいっス！」と挨拶することです。

質問46 この世から無くなったら泣いちゃう調味料は何ですか。

山椒。

質問47 オーバーオールを着てほしい人は誰ですか。

ヤイコちゃんです。

質問48 新しいアプリを作れるとしたら、どんな便利なアプリが欲しいですか。

すいません、アプリって何じゃらホイ？

質問49 何かが起こると云われている2012年、それまでに終わらせておきたいことは何ですか。

自分の音痴を克服することと、街を歩いてると知らぬ間にシャツの上から自分の乳首を触っている癖ですね。

よしもとばななさんからの質問

質問50　ダイエットをしていていちばんきついことはなんですか?

20キロ以上痩せたのに、久々に遊びに来た親戚のオバちゃんに「コーちゃんもそろそろ痩せなきゃね」と真顔で言われたことです。

質問51　犬を好きだと思うときはどんなときですか?

チワワを飼ってますが、最近気がついたのは、自分はあんまり犬が好きじゃないってことです。

質問52　親友を親友だなあと思うのはどのポイントですか?

何をやられても最終的には許せることですね。他の奴に同じことをされたら絶対許せないんですけど。

質問53　倒れられてから、ダイエット以外に健康に気をつけてることはありますか?　その方法は?

やはり高血圧ですね。ま、基本的に医者から処方される降圧剤で血圧はある程度下がりますが、より安定させるためにボキは、和歌山県田辺市にある梅干の会社「オカハタ」から梅酢を取り寄せて飲んでます。もし、ばななさんの周囲で高血圧の人がいたら是非飲ませてあげて下さい。ビックリするほど効果がありますよ。

質問54　殴り合いのけんかってしないとなまっちゃうものなんですか?

確実になまりますね。ボキはハタチぐらいまでは、マジで月に1～2回は本気で殴り合いのケンカをしてましたが、それ以降はケンカをすることが年々少なくなり、今では歯のインプラント手術をしたので、ケンカになりそうになった時はスグに謝るようにしてます。……情けないですね。

キャームからの質問

質問55 自分が2代目サイババに就任したら、人々に向かって手から何を出す?

TPOに関係なく、性器が思いっきり勃起してしまう薬。

質問56 板谷花ってぇのがこの世にあるとしたら、板谷花の花言葉は?

「オレは補欠でいいから……」

質問57 豚丼業界に参入してきた「豚丼板屋」のロゴマークは?

キャーム、ボキもそろそろ疲れてきたよ……。

質問58 自分の性格を将棋の駒に喩えると?

桂馬。

質問59 男子トイレの便器の上に書かれてる「一歩前へ」を強制的に前に出させる方法は?

知らんっ。

質問60 車が故障して困っている女が超自分好みの女で、「あの~すいません。車が故障して困ってるんですけど見てもらえますか」って言われたらメカ音痴のおめぇは、その女に悟られないようにどんな言い訳をする?

わかりませんっ。

質問61 サッカーワールドカップで日本戦の主審に抜擢され、観客に分からないようにどんな方法で日本をえこひいきする?

相手国の選手の横チンをツネったり、「お前の嫁さん、イイ声出してたぜぇ♥」ってなことを言いまくる。

質問62 突然、自分の小指の横に指が1本増えて6本になったら、1本増えた指の使い道は?

無視する。

質問63　レディー・ガガのコンサートで、飛び入り参加してガガから「日本の曲を2人でデュエットしましょ♥」って夢みてぇな話になったら、おめぇは何の曲を歌う？　ちなみに俺なら「ロンリー・チャップリン」歌うけどよ。

山本コウタローの『岬めぐり』。

質問64　「今、君がやってる仕事を時給750円でやりなさい」って小沢一郎から命令されたら？

知らないよっ。

質問65　ミニスカート姿の瀬川瑛子に一言っ！

「熟女好きですっ。やらせて下さい!!」

セージからの質問

質問66　兄貴は結局どうなの？

……はぁ？

質問67　昨夜の兄貴が作ったメンチカツ、まぁまぁウマかったよ。

だきゃらっ、おメーは質問をしろよっ。そういうコーナーなんだきゃらあああっ!!

質問68　知ってた？　今朝、ウチの親父（ケンちゃん）って新聞広告の紙を食べてたよっ。ウハッハッハッハッハッ!!

……………………。

質問69　ウチのオフクロって今、何やってんのかなぁ〜？

だから死んでるって……。

質問70　板谷バカ三代かぁ……。しかし、板谷家も人が少なくなったよねぇ……。さて、ここで問題です！　俺が唯一、認めている国はドコでしょう!?

知るかっ。そして、今度はお前が死ね!!

文庫版あとがき

しかし、この文庫本に関わってくれたゲストの人たちの豪華さというのは一体何なんだろう……。

だって、解説からして現在、飛ぶ鳥を落とす勢いの直木賞作家、三浦しをん嬢だよっ。しかも、巻末のオマケコーナーでボキに質問を寄せてくれてるのが、日本一の男女の作家先生、天下のジャニーズで現在はNHKで日本の朝の顔になってるアイドル、これまた日本一のトップモデル。そして、またもや直木賞作家に爆裂な歌唱力のある女性歌手、オレにとっては大監督のテクノマンに岸田戯曲賞を受賞した髭《ひげ》の花魁《おいらん》先生までいる始末っスよ。その上、各イラストは今回も日本のかあさん、サイバラが描いてくれてるしさっ。

つーか、この恩に正面を向いて報いるとするなら、ボキは福島原発に行って放射性物質漏れで汚染されたあらゆるモノに塩胡椒《こしょう》を振って食わなきゃいけないっスよっ。いや、そのぐらい有り難いことなんス、マジな話。

で、話は変わるけど先日、校正のために久々にこの本を読んだんだけどさ。やっぱ、この本の後半は完璧《かんぺき》に病人が書いた内容になってるな。笑いを取るとか取らないって以前に、オフクロに対する執着まだ全然普通に回らない脳味噌《のうみそ》に鞭《むち》を入れながら、死んでしまったオフクロに対する執着だけで書いてた感じっスもんね。

それから、昔からの風習っていうんですか。オフクロが死んで四十九日を迎えたら、とりあえず少しだけ気持ちが落ち着いてきてさ。三回忌、つまりオフクロが死んで2年経った頃には、ようやく彼女の死が過去のこととして思えるようになってきてね。そういう風習っていうのは、現在になっても消えないで続いてる分、確かにその通りなんだよなぁ……。あっ、そんなことより最後に報告しとくことがあったわ。この本の終わりの方で、ボキが脳出血で入院してた際、毎日見舞いに来てたケンちゃんが2回も車に轢《ひ》かれた、って書いてあったっしょ。てか、その事故に遭う1～2年前から、ケンちゃんはナゼか左脚を少し引《ひ》き摺《ず》るようになっててね。板谷家の面々は、ケンちゃんはそれまで散々無茶なことをやってたから、そろそろモウロクしてきたんだろうと思ってたんスよ。

したら、今から2年前にケンちゃんが布団から突然起きられなくなっちゃって、救急車で病院に連れてったら、大きな脳梗塞《のうこうそく》を起こして半身麻痺《まひ》になっちゃっててね。先生の話では、それまでもその兆候として小さな隠れ脳梗塞が何度か起こってたはずだけど……って言われ、その時ですよっ。初めて（あっ、そういえば、あの交通事故って……。しかも、その前に左脚を少し引き摺ってたのって、実は脳梗塞の後遺症だったのか！）って気がついてさ。

で、現在、ケンちゃんは月のうちの半分は自宅で、もう半分はオフクロが園長を務めていた老人ホームにショートステイで世話になっててね。そう、結局ケンちゃんはウチのオフクロはもう死んだというのに、相変わらず彼女の世話になっててさ。

さらに近頃では、10年前ぐらいに撮った女優の上原さくらちゃんとのツーショット写真をいつも懐に入れててね。人が時々見舞いに来る度にその写真を出して、あろうことか、さくらちゃんのことを自分の娘だって説明してやがってねっ。つーことで、さくらちゃん。ウチのケンちゃんも、あと少しでオフクロの後を追うと思うので、それまではバカな犬に嚙《か》まれたと思ってガマンしてやって下さい。ペコリ。

あ、それからこの前、死んだバアさんの部屋から変な包みが出てきてね。何だろうと思って、その古新聞紙を開けたら、高価そうな桐の箱が出てきちゃってさっ。その表面に「板谷家　先祖代々からの品」だなんて墨文字で書いてあってね。で、急に緊張してきてドキドキしながら蓋《ふた》を開けてみたら、昔の浮世絵風に描かれた薄っぺらい漫画のエロ本が一冊だけ入っててさ。頭にきたんで、ゴミ箱の中に叩《たた》き込《こ》んでやりましたよっ！

ま、つーことで、ゲストの皆さんは勿論《もちろん》のこと、この本を作るために関わってくれたすべての人に改めてお礼を言います。どうもありがとうございました。

二〇一一年七月末日　ゲッツ板谷

解説

三浦しをん

本書のシリーズ前作にあたる、『板谷バカ三代』。それを手に取ったきっかけは、こういうことだった。

私には三重県の超絶山奥在住の祖父がおり、十五年ほどまえに死んだ彼は生前、数々の破天荒伝説（あくまでローカル）を打ち立てたのだが、そのうちのひとつが、「火炎放射器で庭の草を焼いていて、自宅まで全焼させる」なのだ。

その顚末《てんまつ》をエッセイに書いたところ、友人だったか編集者だったかが、「ゲッツ板谷さんのお父さんも、まったく同じことをしている」と教えてくれた。まさか、と思った。そんなはた迷惑な人類が、よもやこの世にもう一人存在するとは。

すぐに『板谷バカ三代』を読んだら、おそるべきことに本当だった。ケンちゃんが豪快に家を燃やしていた。身近な人物が火炎放射器で草と一緒に家を燃やす。しかも丸焼けにする。その事実に直面したときの虚脱感は、なかなか味わえるもんではない。もしかしたら、私の祖父とケンちゃんは年の離れた生き別れの兄弟かなにかで、ゲッツ板谷さんと私も血がつながってるんじゃあるまいか。勝手にそんな親近感を抱いた。

もちろん、板谷家の最強かつ最凶ぶりは、他の追随を許さない。『板谷バカ三代』は、さしもの我が祖父もかすむような破天荒エピソードが満載で、笑いすぎて腹筋がちぎれるかと思った。以降、ゲッツ板谷さんの著書を、エッセイ、小説ともに愛読している。

板谷家の人々&友人たちの武勇伝(?)を読んでいて驚くのは、車関係の事故の頻度が尋常じゃない、ってことだ。ブカのおじさんは幼少のみぎりにトラックに轢《ひ》かれ、ケンちゃんはピンクの原付で門柱に突っこみ、ベッチョさんはトラックに積まれた二百パイのイカをびっくり死にさせ、飼い犬のラッキーは車にはねられて死んでしまい、ゲッツ板谷さん本人も小学三年生のときに車にはねられている。

ラッキーと二百パイのイカは痛ましいかぎりだが、人間たちよ、なぜもう少し前後左右に気を配りながら歩いたり運転したりしないのか。いくらなんでも事故に遭遇しすぎだし、フツーだったら死んでいる。轢かれても激突してもむくりと起きあがり、なにごともなかったかのように日常をつづけるところが、さすがの板谷家&友人クオリティだ。

そんな最強かつ最凶な超人たちが、本書『やっぱし板谷バカ三代』でも大活躍する。ケンちゃんはあいかわらず力自慢を怠らないし、セージさんは接客態度の悪い店への復讐《ふくしゅう》に余念がないし、ベッチョさんは泥棒に入られたことに気づかない。自由奔放に我が道を驀《ばく》進《しん》する姿に、読者としてはまたも腹筋断裂の危機に陥るのだった。

また会えてうれしい。『板谷バカ三代』シリーズを読むたび、私はそう感じる。ふだんは離れて暮らす親戚《しんせき》と、数年に一度顔を合わせ、会えなかったあいだに起こった出来事を聞いているような気がする。「あいかわらずだね」と笑って言うのが、相手へのなによりの祝福の言葉であるような関係性。そんな近しい間柄みたいに錯覚されてくる。

もしくは、会ったことはないけど身近な先祖の話を聞くような感じ。「あんたのおじいさんのおじいさんは、秋になると庭の柿をもぎ、一気に五十個食べて腹をこわすのが毎年のことだった」と聞かされ、「五十個！　すごいけど、バカだ」と笑ってしまいつつ、そこはかとなく愛情と共感が胸に芽生えるのに似ている。

親戚でも、ましてや先祖でもないのに、読者の心のなかで、生きながらにしてすでに伝説《レジエンド》と化している板谷家の人々＆友人たち。

いつも愉快なかれらだが、同時に本書は、死と向かいあう日々の記録でもある。ブカのおじさん、おばあさん、飼い犬のスキッパー、そしてお母さんが亡くなり、ゲッツ板谷さん本人も脳出血で生死の境をさまようことになる。

日常や家族について、楽しいエッセイを書きつづけるのはむずかしい。あたりまえだけれど、不変の「愉快な日常」というものはなく、家族の置かれた状況や関係性も日々刻々と移り変わっていくからだ。

でもゲッツ板谷さんは、愉快な日常を描きつつ、家族の病や死からも決して目をそらさない。本書の終盤は特に、亡くなった家族への挽歌《ばんか》と言っていいと思うのだが、過剰な情感や嘆きは排されている。抑制の利いた筆致で、「それでもつづく日常」がむしろ淡々と記される。だからこそ、なおさら哀切さが胸に迫る。

ゲッツ板谷さんは、「親しいひとの死と直面した自分」を逃げることなく真っ正面から描いた。ひとが何万年も繰り返してきたこと。けれど、何万年経っても慣れることがない、「大切なひとを亡くし、それでも生きていく」ということ。

ものすごく恥ずかしいけれど、本書を読んで私が強く感じた思いを正直に言おう。それは、「愛情がひとを救う」ってことだ。なんだかテレビ番組の標語みたいだが、私の言語化能力が低いだけで、本書には標語じみたところはまったくないと念のため申し添えておく。

ゲッツ板谷さんが、親しいひとの死としっかり向きあうことができたのは、家族を愛しているからだろう。迷惑をかけたりかけられたりし、いやな部分だっていっぱいあったと思う。それが家族ってもんだ。でも、「鬱陶《うっとう》しいから」「面倒だから」と逃げださなかったのは、マイナス面すらもプラスに変えるほどの愛情があるからだ。

その愛がどこから生まれてきたかというと、やはり、ゲッツ板谷さんにこれまで注がれてきた愛の数々からだと思うのだ。穏やかな優しさで、死後も周囲の人々を包みつづけるブカのおじさん。死の床にあっても、ゲッツ板谷さんのお母さんの心配をしたおばあさん。脳出血で倒れたゲッツ板谷さんの足をさすりつづけ、水虫を治してくれたお母さん。その人々の愛があったからこそ、ゲッツ板谷さんは親しいひとの死と向かいあう強さを得た。そういうゲッツ板谷さんの姿を見て、亡くなった家族もまた、ゲッツ板谷さんから自分に注がれる愛の深さを実感したはずだ。

真実の愛は、真実の愛からしか生まれない。

私自身は、このままいくと夫も子どももいない老後および死を迎えるだろう。だけど、血のつながった家族の有無はあまり関係ないのだと思う。自分以外のだれかを、真に愛することができるか。その結果として、だれかに一度でも真に愛されることがあるか。それだけが、生きる意味であり目的なのではないか。金でも地位でも漂白されたような一般的幸せでもなく。

愛情と信頼だけを糧に、ひとは何万年ものあいだ生と死を繰り返してきたのだと、そしてたぶんこれからも繰り返していくのだと、板谷家の三代記を読むと真に迫って実感される。笑いと涙とともに。

そんな感慨にふけりつつ、先日、両親の家へ行った。父が椅子に座ったままうなだれていた。年齢も年齢だし、ぽっくりいったのかと驚いて、「どうしたの、お父さん！」と呼びかけると、「んが」と父（家を全焼させた男の息子）は目を開けた。

「……寝てたの？」

「寝ていない。考えてたんだ」

「なにを」

「世界の平和と幸福についてなど……、むにゃむにゃ」

教祖か。言ってるそばから寝るな。

本当に家族って、迷惑で腹立たしく、なんともしようもない存在ですね。

本書は平成二十一年二月に小社から刊行された単行本に加筆・修正を加え、文庫化したものです。

やっぱし板谷《いたや》バカ三代《さんだい》

ゲッツ板谷《いたや》
西原理恵子《さいばらりえこ》＝絵

角川文庫 16974

平成二十三年八月二十五日　初版発行

発行者―井上伸一郎
発行所―株式会社角川書店
東京都千代田区富士見二―十三―三
電話・編集（〇三）三二三八―八五五五
〒一〇二―八〇七八
発売元―株式会社角川グループパブリッシング
東京都千代田区富士見二―十三―三
電話・営業（〇三）三二三八―八五二一
〒一〇二―八一七七
http://www.kadokawa.co.jp
印刷所―暁印刷　製本所―BBC
装幀者―杉浦康平

け 4-13　ISBN978-4-04-366213-5　C0195

角川文庫発刊に際して

角川源義

第二次世界大戦の敗北は、軍事力の敗北であった以上に、私たちの若い文化力の敗退であった。私たちの文化が戦争に対して如何に無力であり、単なるあだ花に過ぎなかったかを、私たちは身を以て体験し痛感した。西洋近代文化の摂取にとって、明治以後八十年の歳月は決して短かすぎたとは言えない。にもかかわらず、近代文化の伝統を確立し、自由な批判と柔軟な良識に富む文化層として自らを形成することに私たちは失敗して来た。そしてこれは、各層への文化の普及滲透を任務とする出版人の責任でもあった。

一九四五年以来、私たちは再び振出しに戻り、第一歩から踏み出すことを余儀なくされた。これは大きな不幸ではあるが、反面、これまでの混沌・未熟・歪曲の中にあった我が国の文化に秩序と確たる基礎を齎らすためには絶好の機会でもある。角川書店は、このような祖国の文化的危機にあたり、微力をも顧みず再建の礎石たるべき抱負と決意とをもって出発したが、ここに創立以来の念願を果すべく角川文庫を発刊する。これまで刊行されたあらゆる全集叢書文庫類の長所と短所とを検討し、古今東西の不朽の典籍を、良心的編集のもとに、廉価に、そして書架にふさわしい美本として、多くのひとびとに提供しようとする。しかし私たちは徒らに百科全書的な知識のジレッタントを作ることを目的とせず、あくまで祖国の文化に秩序と再建への道を示し、この文庫を角川書店の栄ある事業として、今後永久に継続発展せしめ、学芸と教養との殿堂として大成せんことを期したい。多くの読書子の愛情ある忠言と支持とによって、この希望と抱負とを完遂せしめられんことを願う。

一九四九年五月三日

おはよー
あら〜 みんなで語りあっちゃったの〜
板谷くんの母ちゃんにあったのは19のときそん時は板っちの部屋は、たまり場で、
残りもんだけど食べてってねぇ〜
ちくわとコンニャクの入った肉じゃがのようなカレー
いただきまーす
色々な方向にチャレンジする時期
夜あそび行って朝までしゃべってごはんごちそうになる。
板っちの家は、たたみかけの洗たく物があってその横でまだ、誰かが寝てて、
台所は途中のもんがたくさんのっかって、

みんなが母ちゃんにしかられて
かーちゃん何十年しかってんだろこの三人を
東京で一番好きなよその家
板っちの母ちゃんは家族をしかってる以外は
じゃまにならないように帰りぎわにそっとくる
いつも人にお礼しておじぎばっかりしてた。
数年前のサイン会で
はるかうしろにならんでるケンちゃんと母さん。

きっと別な日に私に時間を
あけさせるのがイヤ
だったんだろうな。
おかーさーん
何でこんなとこに〜
私の方から行ったのにー
いえいえ
大はしゃぎの
ケンちゃんの
よこで
何度も
頭を下げて
帰ってった。
お母さん
わかってたから、
わざわざ私にまで
最後のあいさつを
しに来てくれて。

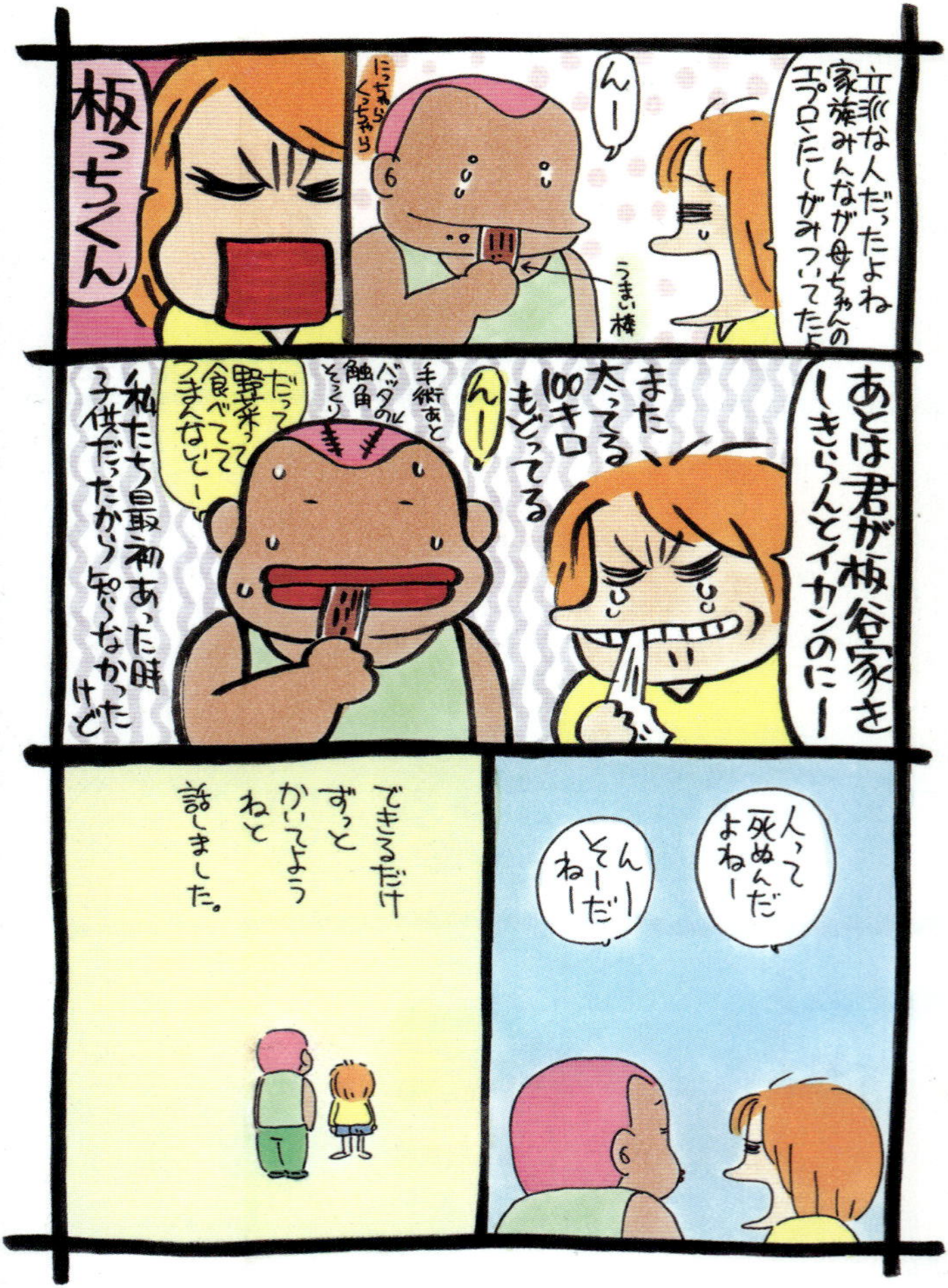

立派な人だったよね
家族みんなが母ちゃんのエプロンにしがみついてたよ
んー
にっちゃら くっちゃら
うまい棒
板っちくん
あとは君が板谷家しきらんとイカンのにー
また太ってる
100キロもどってる
んー
手術あと
バッタの触角そっくり
だって野菜って食べててつまんないとー
私たち最初あった時子供だったから知らなかったけど
人って死ぬんだよねー
んー
そーだねー
できるだけずっとかいてようねと話しました。